Mündliches Abitur

Prüfungsaufgaben mit Lösungen

Gymnasium Baden-Württemberg

Deutsch BF

STARK

2. neu bearbeitete Auflage
www.stark-verlag.de

Inhaltsverzeichnis

Vorwort

Die Zeit läuft ... Tipps zur Vorbereitung auf die mündliche Abiturprüfung

Das Fach Deutsch in der Oberstufe I

Die mündliche Prüfung im Basisfach Deutsch I

1 Wieso, warum, wozu? über Sinn und Zweck der mündlichen Prüfung I

2 Wer, wie, auf welche Weise? über die Struktur der mündlichen Prüfung II

3 Was, wann, wie viel? über Themen und Inhalte der mündlichen Prüfung III

Effektive Prüfungsvorbereitung IV

1 „Über sieben Brücken musst du gehen" – ein Sieben-Punkte-Plan für erfolgreiches Lernen IV

2 „Ein weites Feld" – den Lernstoff in den Griff bekommen VI

3 „Die halbe Miete" – Tipps zur Vorbereitung auf der Prüfung VII

4 Aufgabenkultur – was Sie erwartet VIII

Jetzt wird es ernst – die Prüfungssituation meistern IX

1 To-dos und No-Gos – äußere Voraussetzungen IX

2 Alles klar! – die Vorbereitungszeit nutzen IX

3 Leinen los – den Prüfungsparcours durchlaufen X

4 Endlich am Ziel! – Bewertung und Benotung XII

Checkliste zur Selbstbewertung XIII

Erster Prüfungsteil: Vortrag

Lektüreliste

Übungsreferat 1: Georg Büchner: *Woyzeck* 1
Übungsreferat 2: Bertolt Brecht: *Leben des Galilei* 8
Übungsreferat 3: Ingeborg Bachmann: *Der gute Gott von Manhattan* 15
Übungsreferat 4: Joseph von Eichendorff: *Das Marmorbild* 22
Übungsreferat 5: Thomas Mann: *Mario und der Zauberer* 30
Übungsreferat 6: Juli Zeh: *Corpus Delicti* 38

Kurzprosa

Übungsreferat 7: Günter Kunert: *Zirkuswesen* 46

Lyrik

Übungsreferat 8: Georg Heym: *Die Stadt* / Christian Morgenstern: *Berlin* 53

Sprache

Übungsreferat 9: Franz Stocker: *Muttersprache entscheidet über den Kontostand* 60
Übungsreferat 10: Stefan Kern: *Ein Irrgarten hinter fünf Buchstaben* 68

Zweiter Prüfungsteil: Prüfungsgespräch

Themenbereich I: Literarische Texte 79
Themenbereich II: Literaturgeschichte 81
Themenbereich III: Sach- und Gebrauchstexte 82
Themenbereich IV: Texterschließung / Lesen 83
Themenbereich V: Medien 84
Themenbereich VI: Sprachgebrauch und Sprachreflexion 85

Lektüreliste: Überblick zu den einzelnen Werken

Georg Büchner: *Woyzeck*

Inhalt 89
Aufbau und Form 91
Deutungsansätze 93

Bertolt Brecht: *Leben des Galilei*
Inhalt 94
Aufbau und Form 96
Deutungsansätze 97

Ingeborg Bachmann: *Der gute Gott von Manhattan*
Inhalt 99
Aufbau und Form 101
Deutungsansätze 102

Joseph von Eichendorff: *Das Marmorbild*
Inhalt 104
Aufbau und Form 106
Deutungsansätze 107

Thomas Mann: *Mario und der Zauberer*
Inhalt 109
Aufbau und Form 110
Deutungsansätze 112

Juli Zeh: *Corpus Delicti*
Inhalt 114
Aufbau und Form 116
Deutungsansätze 117

Autorinnen und Autoren

Christian Heigel	Übungsreferat 1 und 5
Dr. Dieter Wöhrle	Übungsreferat 2
Rainer Maria Meinicke	Übungsreferat 3
Claudia Mutter	Übungsreferat 4, Hinweise und Tipps, Zweiter Prüfungsteil: Prüfungsgespräch
Katrin Blanz	Übungsreferat 6
Dr. Birgit Schillinger	Übungsreferat 7 und 10
Florian Andelfinger	Übungsreferat 8
Dr. Stefan Metzger	Übungsreferat 9
Redaktion	Lektüreliste: Überblick zu den einzelnen Werken

Vorwort

Liebe Abiturientinnen und Abiturienten,

der vorliegende Band hilft Ihnen bei der gezielten und optimalen Vorbereitung auf die **mündliche Abiturprüfung** im Fach **Deutsch**.

Das einführende Kapitel …

- informiert Sie über den **Ablauf der Prüfung**, die Themen und die Bewertung der Prüfungsleistung.
- erklärt Ihnen, wie Sie sich **effektiv** auf die Prüfung **vorbereiten**.
- gibt Ihnen hilfreiche Tipps zum **Umgang mit der Prüfungssituation**.

Der anschließende Trainingsteil …

- bietet Ihnen **Übungsaufgaben** zum ersten Teil der Prüfung (Kurzvortrag).
- zeigt Ihnen durch von Deutschlehrkräften **ausgearbeitete Lösungen**, wie ein mustergültiger Vortrag lauten könnte.
- enthält einen **Fragen-Antwort-Katalog** zu den wichtigsten Themenbereichen für den zweiten Prüfungsteil (Prüfungsgespräch).
- beinhaltet einen **strukturierten Überblick zu den Werken der Lektüreliste** mit zentralen Informationen zu Inhalt, Aufbau/Form und Deutungsansätzen.

Wir wünschen Ihnen eine effektive Abiturvorbereitung und eine erfolgreiche Prüfung!

Die Autorinnen und Autoren sowie der Verlag

TIPP Wenn Sie an die bevorstehende Prüfung denken, wird Ihnen ein wenig mulmig? – Scannen Sie den nebenstehenden QR-Code und sehen Sie sich unser Video mit vielen hilfreichen Tipps z. B. zu selbstbewusstem Auftreten, angemessener Kleidung, positivem Denken usw. an.

www.stark-verlag.de/qrcode/lernvideos_allgemein_001

HINWEISE UND TIPPS

Die Zeit läuft …

Tipps zur Vorbereitung auf die mündliche Abiturprüfung

Das Fach Deutsch in der Oberstufe

Deutsch zählt in allen Schularten zu den allgemeinbildenden Fächern. In der Kursstufe des Gymnasiums und in der Oberstufe der Gemeinschaftsschule gehört es zum Pflichtbereich. Dabei haben Sie die Wahl zwischen zwei Varianten: Sie können Deutsch entweder als fünfstündiges Leistungsfach oder als **dreistündiges Basisfach** belegen. Neben verpflichtenden Lektüren literarischer Werke wird im Unterricht des Basisfachs ein **breites Spektrum weiterer Texte und Medien, Themen und Materialien** behandelt. Denn Sie sollen Ihre Kompetenzentwicklung, die im Bildungsplan beschrieben wird, zum Abschluss bringen (http://www.bildungsplaene-bw.de/.Lde/Startseite). Basis- und Leistungsfach Deutsch „führen gleichermaßen zur allgemeinen **Studierfähigkeit** und vermitteln wesentliche **Kompetenzen** und zentrale **Einsichten** in die grundlegenden Sachverhalte, Problemstellungen und Zusammenhänge des Fachs Deutsch" (Bildungsplan 2016 Gymnasium, Ergänzungsheft Basisfach Deutsch).

Im Basisfach werden Sie sich im Verlauf der vier Kurshalbjahre u. a. mit **mindestens zwei literarischen Texten aus einer verbindlichen Lektüreliste** auseinandersetzen. Zur Auswahl stehen drei epische und drei dramatische Texte. Ihr Wissen und Können in den verschiedenen Kompetenzbereichen wird in Klausuren – mindestens eine pro Halbjahr – überprüft. Ihr Deutsch-Abitur besteht aus einer mündlichen Prüfung.

Die mündliche Prüfung im Basisfach Deutsch

1 Wieso, warum, wozu? – über Sinn und Zweck der mündlichen Prüfung

Prüfungen aller Art gehören zum **Alltag des Schullebens**. Im Laufe Ihrer Schullaufbahn haben Sie zahlreiche Klausuren und Klassenarbeiten geschrieben, Tests und Abfragen absolviert, Sport- und Musikprüfungen abgelegt, Bilder, Zeichnungen und sonstige Werkstücke in Bildender Kunst zur Benotung vorlegen müssen. Dabei galt meist das Motto „Nach der Prüfung ist vor der Prüfung". Sie hatten also die Chance, bis zur nächsten Prüfung **aus Fehlern zu lernen**, **Defizite aufzuholen**, **Mängel abzustellen**. Beim Abitur trifft dieses Motto nicht mehr zu, denn nach bestandener Prüfung gehen Sie von der Schule ab, wie der lateinische Begriff *abire* („abgehen") besagt.

Es handelt sich um eine **Abschlussprüfung**, in der Sie die Allgemeine Hochschulreife erwerben, also die Berechtigung, an einer Hochschule oder Universität zu studieren. Auch für viele anspruchsvolle Berufsausbildungen wird heute das Abitur vorausgesetzt. Ihr Abiturzeugnis ist eine Art Zertifikat, das Ihnen diese Berechtigung in Form von Noten bescheinigt. Was im Abi-Zeugnis steht, lässt sich nachträglich nicht mehr ändern – Grund genug, sich anzustrengen, um das Bestmögliche zu erreichen.

Die mündliche Prüfung im Basisfach Deutsch geht in die **Abiturwertung** ein, bestimmt also Ihren Notenschnitt mit. Die erreichten Notenpunkte der mündlichen Abiturprüfung werden mit vier multipliziert. Bei einem Ergebnis von 15 Notenpunkten (Note 1+) ergeben sich 60 von insgesamt 300 zu erreichenden Punkten im gesamten Prüfungsblock des Abiturs.

TIPP Auch für die mündliche Prüfung im Basisfach Deutsch gilt die „**Null-Punkte-Regelung**": Die Mindestqualifikation erreichen Sie mit einem Notenpunkt. Null Punkte führen dazu, dass Sie die gesamte Abiturprüfung nicht bestehen. Eine Ausgleichsleistung ist in den mündlichen Prüfungsfächern nicht möglich.

2 Wer, wie, auf welche Weise? – über die Struktur der mündlichen Prüfung

Für die mündliche Abiturprüfung Deutsch werden im Prüfungsplan ca. **40 Minuten** angesetzt: **20 Minuten Vorbereitungszeit**, **20 Minuten Prüfung**. Die Prüfung gliedert sich wiederum in zwei Teile mit etwa gleichem zeitlichen Umfang:

- **Teil 1: Kurzvortrag** zur gestellten Aufgabe, die in der Regel von einem Text ausgeht (ca. 10 Minuten);
- **Teil 2: Prüfungsgespräch** zu den Inhalten aus unterschiedlichen Kurshalbjahren (ca. 10 Minuten).

Im Unterschied zum Format der einheitlichen schriftlichen Abiturprüfung im Leistungsfach, bei der alle Prüflinge zur selben Zeit an denselben Themen arbeiten, ist die mündliche Prüfung eine **individuelle Prüfung**. Themen und Aufgaben werden nicht zentral vom Kultusministerium vorgegeben, sondern **von der jeweiligen Kurslehrkraft** auf der Basis der Bildungs- und Lehrpläne für die Jahrgangsstufen gestellt. Für den Prüfling entfällt die Möglichkeit, unter verschiedenen Themen auszuwählen.

Wenn die Aufgabenstellung sich auf ein im Unterricht besprochenes literarisches Werk bezieht, wird Ihnen in der Regel eine **unkommentierte Textausgabe** als Hilfsmittel vorgelegt. Auch **gestempeltes Papier für Ihre vorbereitenden Notizen** wird gestellt. Eigene Bücher und Notizpapier sind ebenso wenig erlaubt wie das Mitnehmen eines

Mobiltelefons oder eines Tablet-Computers. Im Prüfungsraum wacht eine Lehrkraft über die Einhaltung dieser Regeln.

Nach Ablauf der Vorbereitungszeit werden Sie von einer Lehrerin oder einem Lehrer Ihrer Schule abgeholt und in den **Prüfungsraum** geführt. Dort treffen Sie auf eine Prüfungskommission, den sog. **Fachausschuss**, der sich aus drei Lehrpersonen zusammensetzt: Kurslehrer*in, Protokollant*in, Prüfungsvorsitzende*r. Ihre Kurslehrkraft kennen Sie aus dem Unterricht. Sie führt die Prüfung im Wesentlichen durch. Auch die protokollierende Lehrkraft gehört zur Fachschaft Deutsch Ihrer Schule. Der oder die Prüfungsvorsitzende, ebenfalls Deutschlehrer*in, kommt von außen – aus Gründen der Objektivität und der Vergleichbarkeit übernehmen in Baden-Württemberg stets fremde Schulen den Vorsitz der mündlichen Abiturprüfungen.

An der **Notenfindung** sind alle drei Lehrpersonen beteiligt. Möglicherweise treffen Sie im Prüfungsraum auf weitere Personen, z. B. interessierte Lehrkräfte, Referendare in der Ausbildung, ein Mitglied der Schulleitung. Sie alle haben nicht das Recht, in die Prüfung einzugreifen, und sind nicht in die Notengebung involviert.

TIPP Lassen Sie sich nicht davon irritieren, wenn der Protokollant nur wenig mitschreibt. Im **Protokoll** werden nur die Fragen und Impulse des Prüfers festgehalten, nicht jedoch Ihre Antworten!

Nach ca. 20 Minuten ist die mündliche Prüfung zu Ende. Sie müssen den Prüfungsraum für einige Minuten verlassen. Während dieser Zeit – in der Regel ca. 5 bis 8 Minuten – berät die Prüfungskommission über die **Bewertung Ihrer Leistung**. Dabei werden **beide Prüfungsteile etwa gleich gewichtet**, jedoch nicht arithmetisch gemittelt. Sobald die **Note nach der üblichen Punkteskala von 0 bis 15** festgelegt und im Protokoll festgehalten ist, werden Sie wieder in den Prüfungsraum geholt. Der oder die Prüfungsvorsitzende hat nun die Aufgabe, Ihnen die Note mitzuteilen und zu begründen. Ein Gespräch oder gar eine Diskussion darüber sind nicht erlaubt, auch nicht nach der Prüfung. Für alle beteiligten Lehrkräfte herrscht sog. Amtsverschwiegenheit.

3 Was, wann, wie viel? – über Themen und Inhalte der mündlichen Prüfung

Zwei lange Jahre Deutsch in der Kursstufe – da kommt ein Haufen Stoff zusammen! Von den sechs Werken der verbindlichen Lektüreliste werden Sie **mindestens zwei** gelesen haben, **ein dramatisches und ein episches Werk**. Zur Auswahl stehen:

- Georg Büchner, „**Woyzeck**“ (Drama, 1879);
- Bertolt Brecht, „**Leben des Galilei**“ (episches Theaterstück, entstanden 1938/39);
- Ingeborg Bachmann, „**Der gute Gott von Manhattan**“ (Hörspiel, entstanden 1957);
- Joseph von Eichendorff, „**Das Marmorbild**“ (romantische Novelle, 1818);
- Thomas Mann, „**Mario und der Zauberer**“ (Erzählung, 1930);
- Juli Zeh, „**Corpus Delicti**“ (Roman, 2009).

Neben weiteren literarischen Texten werden Sie sich mit **Literaturgeschichte, Medien, Sach- und Gebrauchstexten, Aspekten des Sprachgebrauchs und der Sprachreflexion** auseinandergesetzt haben. All diese Themen können Ihnen in der mündlichen Prüfung begegnen. Im Bildungsplan können Sie sich über Kompetenzen und Inhalte der Kursstufe informieren.

In Ihren Heften, Ordnern, Büchern können Sie noch einmal sichten, was in Ihrem Unterricht behandelt wurde. Natürlich erwartet niemand, dass Sie in der Prüfung alles im Detail parat haben. **Grundlagenkenntnisse und Überblickswissen** werden jedoch vorausgesetzt. Denn die Themen für die mündliche Prüfung stammen aus dem gesamten Stoff der Kursstufe. Vorherige Absprachen zwischen Lehrkraft und Prüflingen sind unzulässig. Die Anzahl der Themen, die Ihr Deutschlehrer dem Prüfungsvorsitzenden zur Auswahl vorlegen muss, übersteigt die Zahl der Prüfungsblöcke. In einem Prüfungsblock können bis zu drei Prüflinge dasselbe Thema erhalten – unter der Voraussetzung, dass die Prüfungen unmittelbar nacheinander stattfinden.

Die Prüfer können Ihnen **folgende Materialien als Grundlage für Ihren Vortrag** vorlegen – natürlich immer in Verbindung mit einer Aufgabenstellung:

- einen **Textauszug aus einem Werk** der Lektüreliste;
- einen **Sekundärtext** (z. B. eine Rezension zu einem Werk der Lektüreliste);
- einen **in sich geschlossenen literarischen Text** (Kurzgeschichte, Gedicht);
- ein **Zitat** (z. B. zu Brechts Konzeption des epischen Theaters);
- ein **Bild** (z. B. zu einer bestimmten Szene aus „Faust I");
- einen **Sachtext** (z. B. zum Thema Sprachwandel);
- einen kurzen **Videoausschnitt** (z. B. aus einem Film oder einer Theaterinszenierung).

Während Sie Ihren Vortrag in der 20-minütigen Vorbereitungszeit **gezielt planen** können, müssen Sie sich auf die Fragen des Prüfungsgesprächs **spontan einlassen**. Dieses geht „über das Prüfungsthema oder die Aufgabenstellung hinaus auch auf weitere Themen der Bildungs- und Lehrpläne" ein (§ 24, Absatz 5, Satz 2 NVGO). Hier ist neben Kommunikationsfähigkeit das **Orientierungswissen** des Fachs Deutsch gefragt, das Sie im Lauf der Kursstufe kontinuierlich erweitert und vor der Prüfung wiederholt haben.

Effektive Prüfungsvorbereitung

1 „Über sieben Brücken musst du gehen" – ein Sieben-Punkte-Plan für erfolgreiches Lernen

Beim Stichwort Prüfung hat wohl jeder seine eigenen Assoziationen. Nehmen Sie sich drei Minuten Zeit für ein kleines Brainstorming zu diesem Thema und lassen Sie Ihre Ideen ungebremst wirbeln. Setzen Sie nun ein Minus-Zeichen oder ☹ hinter alle Aspekte, die für Sie negativ besetzt sind, und ein Plus-Zeichen oder ☺ hinter diejenigen, die positive Assoziationen bei Ihnen auslösen. Wie sieht Ihre Bilanz aus?

Viele Menschen – nicht nur Schüler*innen und Abiturient*innen – verbinden mit Prüfungen überwiegend **negative Gefühle** und Gedanken, oft sogar **Angst**. Dies kann ganz verschiedene Ursachen haben: Unsicherheit und Lampenfieber, schlechte Vorbereitung, aber auch stark ausgeprägter Ehrgeiz bis hin zu perfektionistischen Ansprüchen an sich selbst, die oft von außen gefördert werden.

Es gibt jedoch gute Strategien, um sich auf eine Prüfung vorzubereiten und **Prüfungsangst** zu **vermeiden oder zumindest** zu **vermindern**. Die folgenden sieben Redensarten und Schlagwörter sollen Ihnen Brücken zu einer erfolgreichen Performance in Ihrer mündlichen Prüfung bauen:

1. **„Der frühe Vogel fängt den Wurm!"**
   Wer frühzeitig mit dem Lernen beginnt, geht gut vorbereitet in die Prüfung und hat beste Aussichten auf Erfolg. Mindestens drei bis vier Wochen vor dem Prüfungstermin sollten Sie anfangen.

2. **„Gut geplant ist halb gewonnen!"**
   Ein sorgfältig erstellter Lern- und Zeitplan für die schriftliche und mündliche Prüfungsphase hilft Ihnen, strukturiert und gezielt zu lernen. Arbeiten Sie dabei verschiedene Fächer nicht nacheinander ab, sondern lernen Sie parallel und abwechselnd.

3. **„Was lange währt, wird endlich gut."**
   Kurzfristig angeeigneter Stoff geht schnell wieder verloren und kann andere Lerninhalte verdrängen. Nachhaltiges Lernen gelingt, wenn Sie den Lernstoff gleichmäßig auf einen längeren Zeitraum verteilen. So können Sie sicher und selbstbewusst in der Prüfung auftreten.

4. **„Häppchen für Häppchen für Häppchen …"**
   Wie beim Essen gilt auch beim Lernen: Kleine Portionen sind leichter zu verdauen. Teilen Sie sich deshalb den Lernstoff ein und gönnen Sie sich nach spätestens zwei Stunden eine Erholungspause von ca. 20 Minuten. Fernsehen, Internet & Co. sind allerdings schlechte Pausenfüller, denn die damit verbundene Reizüberflutung kann das Gelernte schnell überlagern.

5. **„Besser gemeinsam als einsam!"**
   Teamwork kann beim Lernen sehr hilfreich sein, vorausgesetzt, die Arbeit wird gut organisiert. Gemeinsames Lernen bringt mehr Abwechslung, lässt eigene Schwächen und Lücken eher erkennen, folglich auch besser beheben. Die Möglichkeit der Arbeitsteilung können Sie ebenfalls klug nutzen, denn die gegenseitige Information und die gemeinsame Diskussion über Themenbereiche sind eine ideale Übung für den mündlichen Vortrag und das Prüfungsgespräch. Auch eine wohl durchdachte Arbeitsteilung kann bei der Vorbereitung entlasten: Bestimmen Sie in Ihrem Team Experten, die sich besonders intensiv mit einzelnen Aspekten des Stoffs beschäftigen. Bei der Wiederholung der Literaturgeschichte z. B. können Sie nach diesem Prinzip die wichtigsten Epochen untereinander aufteilen und sich gegenseitig erklären.

6. **„Activity!“**
   Lesen und Lernen sind keine passiven Tätigkeiten, ganz im Gegenteil. Je mehr Aktivitäten Sie dabei entwickeln, umso größer wird Ihr Lernerfolg sein. Wenden Sie die Lese- und Lernstrategien an, die Sie aus dem Unterricht kennen: 5-Schritt-Lesemethode, Markierungen und Randnotizen anbringen, Karteikarten mit Stichworten anfertigen, Post-it-Zettel damit beschriften und im Haus verteilen, Sachverhalte visualisieren (Symbole, Zeichnungen, Mindmaps usw.), Eselsbrücken finden, Zusammenhänge herstellen. Formulieren Sie immer wieder in eigenen Worten, was Sie gelernt haben, am besten gegenüber einer interessierten Person (Familienmitglied, Freund, Freundin – oder Teddybär).

7. **„Modern times“**
   Moderne Methoden sind auch beim Lernen angesagt. Nutzen Sie nicht nur den Spiegel, sondern auch die Video- und Audiofunktion Ihres Smartphones, um sich selbst bei Ihrem Vortrag zuzuschauen und zuzuhören. So können Sie schon einmal austesten, wie (subjektiv) lang oder kurz die zehn Minuten für Ihren Vortrag in der Prüfung sind, und kritisch begutachten, wie Ihre Performance nach außen wirkt. Geeignete Übungsaufgaben finden Sie in diesem Buch.

2 „Ein weites Feld“ – den Lernstoff in den Griff bekommen

Die beste Vorbereitung auf die mündliche Abiturprüfung am Ende der Kursstufe ist eine **kontinuierliche Mitarbeit von Beginn an**. Denn grundsätzlich können alle Themen und Inhalte der vier Kurshalbjahre abgeprüft werden, Inhalte aus **mindestens zwei Halbjahren** müssen laut Prüfungsordnung abgedeckt sein. Verschaffen Sie sich deshalb frühzeitig einen Überblick über all das, was Sie in den beiden Jahren der Kursstufe im Deutschunterricht durchgenommen haben, und wiederholen Sie zentrale Themenkomplexe.

Dazu gehören die literarischen Werke, mindestens ein dramatisches und ein episches, aus der verpflichtenden Lektüreliste. Lesen Sie nicht nur Ihre **Unterlagen aus dem Unterricht**, z. B. Mitschriften, Protokolle, Arbeitsblätter, Sekundärtexte, Klausuren u. a., noch einmal, sondern auch die **Primärtexte selbst**. Auch Hörbücher und Audiodateien können hier zum Einsatz kommen. Mit dem Knopf im Ohr lassen sich Lektürekenntnisse beim Joggen auffrischen.

Auch zu den anderen Themen Ihres Deutschunterrichts der Kursstufe finden sich Texte und Materialien in Ihren Ordnern bzw. Heften. Stellen Sie diese, **nach Unterrichtseinheiten geordnet**, zusammen, z. B. als Liste oder Mindmap. Wiederholen Sie den entsprechenden Stoff. Eventuell bekommen Sie von Ihrer Lehrkraft auch eine **Übersicht über die Unterrichtseinheiten der vier Kurshalbjahre**, nach der Sie Ihre Unterlagen sowie die verwendeten Schulbücher systematisch auswerten können. Vielleicht entdecken Sie, dass Sie bei manchen Themen nur über wenig gesichertes Wissen verfügen. Dann empfehlen sich die **Zusammenarbeit und der Austausch mit Lernpartnern aus Ihrem Kurs** ganz besonders.

TIPP Für einen Überblick über das erwartete Fachwissen lohnt sich ein Blick in Ihr Deutsch-Lehrbuch. Einen systematischen Leitfaden durch basale abiturrelevante Inhalte bietet Ihnen das **„AbiturSkript Deutsch"** des STARK Verlags (ISBN: 978-3-8490-5653-7).

3 „Die halbe Miete" – Tipps zur Vorbereitung der Prüfung

Prüfungsteil 1: Vortrag

Im ersten Prüfungsteil halten Sie einen etwa 10-minütigen Vortrag zu einem Thema, das Ihre Lehrerin oder Ihr Lehrer Ihnen vorlegt. Auch wenn Sie nicht wissen, welches Themengebiet in Ihrer Prüfung angesprochen wird, können Sie doch antizipieren, wie der Vortragsteil gestaltet werden kann. Insbesondere aus Referaten kennen Sie die Situation: Sie bekommen **ein Thema, verbunden mit einer Frage- oder Problemstellung**, die Sie sich erarbeiten. Wie bei einer Klausur geben dabei **Operatoren** an, was genau von Ihnen verlangt wird, z. B. *interpretieren Sie, charakterisieren Sie, überprüfen Sie usw.* Für den Vortrag entwerfen Sie eine **Gliederung**, wichtige **Stichpunkte** notieren Sie auf Konzeptpapier, **Einstieg und Schluss** Ihrer Rede formulieren Sie eventuell wörtlich vor.

In 10 Minuten lassen sich nicht alle Schritte der Vorbereitung eines Referats durchführen, insbesondere die Übungsphase wird wegfallen. Aber auch dafür können Sie auf **Erfahrungen aus dem Unterricht** zurückgreifen: Jede Hausaufgabe, die Sie im Kurs vorlesen, jeder längere Beitrag zu einem Unterrichtsgespräch, jede ausführlichere Antwort auf eine schriftliche oder mündliche Frage der Lehrkraft ist eine Übung im Vortrag!

Prüfungsteil 2: Prüfungsgespräch

Auch diese Situation ist Ihnen in Grundzügen aus Unterrichtsgesprächen und Diskussionen bekannt. Allerdings gibt es einen bedeutenden Unterschied: Das Prüfungsgespräch müssen Sie allein bestreiten, es ist ein **Dialog zwischen Ihrer Lehrkraft als Prüfer*in und Ihnen als Prüfling**. Das erleichtert die Situation insofern, als Sie sich nur auf eine*n Gesprächspartner*in konzentrieren müssen. Es macht sie aber auch schwieriger, denn es fehlen die Impulse, die Ihre Mitschülerinnen und Mitschüler zum Unterrichtsgespräch beitragen und die Sie vielleicht auf den richtigen Weg oder zu neuen Gedanken führen. Hilfreich, wie so oft, ist deshalb auch hier ein bisschen Fantasie: Stellen Sie sich bei der Vorbereitung vor, was Schüler x und Schülerin y zur Frage Ihrer Lehrkraft sagen würden, und erweitern Sie Ihre Antwort um diese Perspektive.

Fragen und Antworten – das sind jedoch gar nicht die treffenden Sprechakte in einem Prüfungsgespräch. Denn es handelt sich nicht um die Abarbeitung eines Fragenkatalogs, sondern um ein **echtes Gespräch**, in dem ein Sachverhalt bzw. ein Problem geklärt werden soll. Nutzen Sie deshalb die Chance, das Gespräch mitzugestalten, indem Sie die Initiative ergreifen, eigene Fragen formulieren und beantworten, selbst Zusammenhänge zu weiteren Themen herstellen oder auch um Präzisierung bitten, wenn Sie eine Frage nicht verstanden haben. **Metakommunikation** ist das Zauberwort: Nutzen Sie die Operatoren, die Ihnen aus dem Deutschunterricht geläufig sind, um Ihren Prüfern zu signalisieren, was Sie gerade tun: *erläutern, erklären, beurteilen, zusammenfassen, ein Argument vorbringen, eine These belegen usw.*

> **TIPP** Gehen Sie Schulbücher, Arbeitsblätter, Klausuren etc. systematisch durch und schreiben Sie die verwendeten **Operatoren** heraus.

4 Aufgabenkultur – was Sie erwartet

Wie in den Klausuren sind auch die Aufgaben der mündlichen Prüfung **materialbezogen**. Als Materialien werden in aller Regel Texte vorgelegt, z. B. Ausschnitte aus literarischen Werken (Pflichtlektüren, weitere Werke), Gedichte, Sachtexte, Kurzgeschichten, kurze Zitate usw. Aber auch Bilder, Szenenfotos, Illustrationen, Karikaturen und sogar Film- oder Hörspielausschnitte sind möglich. Bei der Formulierung der Aufgaben zu den Materialien wird Ihr Prüfer/Ihre Prüferin **nicht die Form der Frage wählen, sondern Operatoren** verwenden. Damit erhalten Sie nicht nur Hinweise auf den inhaltlichen Schwerpunkt Ihres Vortrags, sondern auch auf die **unterschiedlichen gedanklichen und sprachlichen Leistungen**, die Sie erbringen sollen, z. B. *zusammenfassen, erklären, beurteilen.*

Die Bildungsstandards im Fach Deutsch für die Allgemeine Hochschulreife teilen Operatoren in drei Anforderungsbereiche ein:

- **Anforderungsbereich I: Reproduktion** – Hier geht es um die Zusammenfassung von Texten, das Beschreiben von Materialien und die Wiedergabe von Sachverhalten bzw. Wissensinhalten.
- **Anforderungsbereich II: Reorganisation und Transfer** – In diesem Bereich wird Erklären, Bearbeiten und Ordnen bekannter Inhalte ebenso erwartet wie das Anwenden gelernter Inhalte und Methoden auf andere oder neue Sachverhalte.
- **Anforderungsbereich III: Reflexion und Problemlösung** – Die selbstständige, systematische Reflexion und das Entwickeln von Problemlösungen stehen hier im Zentrum. Der AFB III umfasst eigenständige Deutungen, Wertungen und Begründungen, Urteile und Entscheidungen sowie die Fähigkeit, kreative Gestaltungs- und Ausdrucksformen zu finden.

> **TIPP** Rechnen Sie damit, dass von Ihnen **Leistungen aus allen drei Anforderungsbereichen** verlangt werden (Schwerpunkt: AFB II). Es genügt also nicht, nur auswendig gelerntes Wissen zu reproduzieren.

Unter diesem Link finden Sie die **wichtigsten Operatoren des Faches Deutsch** – samt einer Beschreibung dessen, was der jeweilige Operator genau von Ihnen verlangt, und mit einer Zuordnung zum jeweiligen Anforderungsbereich:
http://www.bildungsplaene-bw.de/,Lde/LS/BP2016BW/ALLG/GYM/D/OP

1 To-dos und No-Gos – äußere Voraussetzungen

Endlich ist es so weit – der Prüfungsplan steht und der Countdown bis zu Ihrer Prüfung im Basisfach Deutsch läuft. Dank Ihrer umsichtigen Vorbereitung und der Übungen mit diesem Buch können Sie gelassen in die Prüfung gehen.

Zur **Gelassenheit** tragen auch einige **situative Faktoren** bei. Die folgende **Checkliste** zeigt Ihnen, was Sie bei mündlichen Prüfungen beachten sollten:

1. Sie haben die Lernphase spätestens am Abend vor der Prüfung abgeschlossen. ☑
2. Sie kommen ausgeschlafen in die Prüfung – 7 Stunden Schlaf gelten als ideal. ☐
3. Sie sind rechtzeitig vor Ort und pünktlich in der Prüfung. ☐
4. Sie haben zuvor ausreichend gegessen und getrunken (kein Magenknurren, keine trockene Kehle!). ☐
5. Sie erscheinen in angemessener Kleidung, in der Sie sich wohlfühlen (kein cooler Freizeit-Look). ☐
6. Sie haben Ihr „Werkzeug“ dabei: Textmarker, Stifte, Lineal – und eine Uhr fürs Zeitmanagement. ☐
7. Sie zeigen Solidarität mit anderen Prüflingen. ☐
8. Sie verbreiten keine Panik (keine Schauergeschichten und Fake News). ☐
9. Sie halten sich von Panikmacher*innen fern und hüten sich vor der Gerüchteküche. ☐
10. Sie motivieren sich und andere durch positives Denken (Yes, we can! Das schaffen wir!). ☐

Nicht nur für Sie als Abiturient/Abiturientin ist die mündliche Prüfung ein wichtiges Ereignis, auch von den prüfenden Lehrkräften verlangt sie einen beträchtlichen Einsatz an Zeit, Energie und Konzentration. Sie können darauf vertrauen, dass **Ihre Lehrkraft sorgfältig vorbereitet** ist und die **Prüfung so professionell gestaltet**, dass Sie diese möglichst erfolgreich bestehen.

2 Alles klar! – die Vorbereitungszeit nutzen

20 Minuten Vorbereitungszeit – das kann als quälend lang, aber auch als viel zu kurz erlebt werden. Wenn Ihnen ein Thema vorgelegt wird, in dem Sie sich gut auskennen und zu dem Ihnen spontan viel einfällt, wird die Zeit wie im Flug vergehen. Ist Ihnen das Thema fremd oder unwillkommen – z. B. weil Sie Gedichte nicht mögen oder Sie ein literarisches Werk nicht mehr parat haben –, können 20 Minuten recht zäh sein. Beide Situationen können eintreten. Wie auch immer: Wenn Sie sich an das folgende **Ablaufschema für die Vorbereitungsphase** halten, kann fast nichts schiefgehen.

Zeit (ca.)	**Bearbeitungsschritte**	**Strategien und Tipps**
3 Min.	Text lesen/Material sichten und verstehen	Verschaffen Sie sich zuerst einen Überblick; ordnen Sie Text/Material ein: Textsorte (Literatur, Sachtext usw.), Autor*in, Epoche bzw. Zeit, Intention, Zusammenhang mit dem Unterricht der Kursstufe
2 Min.	Idee für den eigenständigen Vortrag entwickeln	Was sagt Ihnen der Text? Was haben Sie dazu zu sagen? Welche Hinweise geben die Arbeitsaufträge?
5 Min.	Text/Material bearbeiten	Wenden Sie Ihnen bekannte Lesestrategien an, z. B. 5-Schritt-Methode, Markieren der Schlüsselbegriffe, Anbringen von Randnotizen, Symbolen und Zeichen (?, !, Pfeile). Der Text wird so zu einer Art Karte, die Sie durch die Prüfung navigiert.
3 Min.	Aufgaben bearbeiten	In der Regel ist die Aufgabenstellung zwei- oder dreigliedrig. Beachten Sie die Operatoren und die Progression der Aufgaben vom Wissen zum Verstehen hin zum Beurteilen. Bleiben Sie mit Ihren Überlegungen nicht nur im AFB I (Reproduktion)!
6 Min.	Idee für den Vortrag ausarbeiten Gliederung erstellen	Die Aufgabenstellung enthält bereits Hinweise für eine sinnvolle inhaltliche Gliederung Ihres Vortrags. Machen Sie sich Notizen auf dem Aufgabenblatt oder Konzeptpapier, heben Sie zentrale Stichpunkte hervor. Vergessen Sie Einstieg und Fazit nicht!
1 Min.	Gedanken sammeln und zur Ruhe kommen	Strecken Sie sich, machen Sie die Augen zu, konzentrieren Sie sich auf Ihren Atem. Jetzt können Sie entspannt und motiviert in die Prüfung gehen.

3 Leinen los – den Prüfungsparcours durchlaufen

„Was ist herrlicher als Gold?“ fragte der König. „Das Licht“, antwortete die Schlange.
„Was ist erquicklicher als Licht?“ fragte jener. „Das Gespräch“, antwortete diese.

Johann Wolfgang von Goethe, Das Märchen

Ganz so poetisch, wie der Dichter Goethe es formuliert hat, wird es in Ihrer Prüfung nicht zugehen. Dennoch kann sich in einer mündlichen Prüfung ein „erquickliches“ Gespräch entwickeln. Eine mündliche Prüfung ist eine Art **Vergewisserungshandlung**, bei der Sie sich und den Prüfer*innen beweisen, was Sie wissen und können. Im Unterschied zu Klausuren, bei deren Bewertung es einzig und allein auf das schriftliche Endprodukt ankommt, sind mündliche Prüfungen durch eine **starke Prozessorientierung** gekennzeichnet. Sie sind immer live! Was Sie in der Vorbereitungsphase gedacht und geschrieben haben, ist zwar die Basis für Ihren mündlichen Vortrag und das anschließende Gespräch. Beim Sprechen entwickeln Sie aber auch **neue Gedanken und Ideen**, im Dialog mit dem Prüfer/der Prüferin reagieren Sie auf (unerwartete) Fragen und sonstige Signale, Sie können das **Gespräch** durch eigene Fragestellungen **aktiv mitgestalten**. So wird jede mündliche Prüfung zu einem ganz individuellen Parcours.

Erste Etappe: Mündlicher Vortrag

In der **Einleitung** kommen Sie schnell und zielgerichtet zum Kern der Aufgabe. Sie können die Aufgabe auch noch einmal in eigenen Worten wiederholen, um eine gemeinsame Verstehensbasis mit der prüfenden Lehrkraft zu schaffen.

Im **Hauptteil** referieren Sie, was Sie zur Aufgabenstellung erarbeitet haben. Sie klären Sachfragen, bringen Argumente und Beispiele vor, zitieren Belegstellen. Vermeiden Sie unnötige Wiederholungen und Textzusammenfassungen, pauschale Urteile und leere Phrasen. Differenziertes Denken und das Verwenden von Fachsprache sind angesagt!

Zum **guten Schluss** fassen Sie Ihre Ergebnisse zusammen oder weiten den Blick für neue Fragestellungen. Dadurch können Sie den Übergang zum Prüfungsgespräch selbst mitgestalten.

TIPP Behalten Sie während Ihres Vortrags die **Zeit im Blick**. Sie sollten mindestens fünf Minuten zusammenhängend sprechen und nach spätestens 9 Minuten zu einem Fazit kommen.

Zweite Etappe: Prüfungsgespräch

Das Prüfungsgespräch knüpft in aller Regel an Ihren Vortrag an. Zu Beginn dieses Dialogs stellt die prüfende Lehrkraft meist **Fragen zu Ihrem Vortrag**, spricht verwandte Themen an oder fordert Sie dazu auf, Ihre Erkenntnisse in größere Zusammenhänge einzuordnen. Als Prüfling übernehmen Sie hier überwiegend eine reagierende Rolle, indem Sie auf Fragen antworten und Anweisungen ausführen (*erläutern, erklären, konkretisieren, problematisieren* usw.).

Es kommt auf Ihre **Spontaneität und Flexibilität** an, besonders dann, wenn die Prüfer*innen Sie durch Zwischenfragen oder hartnäckiges Nachhaken aus dem Konzept bringen. Lassen Sie sich nicht verunsichern, sondern betrachten Sie alle **Impulse Ihrer Prüfer*innen als Chance**, Missverständnisse auszuräumen, Ausführungen zu vertiefen oder auf eine höhere Diskussionsebene zu gelangen – und in einen besseren Notenbereich! Auch **Eigeninitiative** trägt zu einem gelingenden Prüfungsgespräch bei: Werden Sie durch kluge Fragen, Verweise auf Zusammenhänge, Ausweitung des Themas aktiv und lenken Sie das Gespräch mit. Vermeiden Sie aber Abschweifungen!

> **TIPP** Verwenden Sie während Ihres Vortrags und auch im Prüfungsgespräch nur **Fachbegriffe**, die Sie sicher beherrschen!

Der größte Teil des Prüfungsgesprächs besteht aus Fragen und Impulsen, die auf ein **breites Überblickswissen** abzielen, das Sie in der Kursstufe erworben haben. Eventuell werden Ihnen hier auch weitere Materialien vorgelegt, z. B. ein provokantes Zitat, ein Bild (Szenenfoto), eine Karikatur. Je nach Prüfungsaufgabe wird die Lehrerin/der Lehrer unterschiedliche Sachbereiche ansprechen, z. B. **Literaturgeschichte** (insbesondere die obligatorische Epoche der Aufklärung), **Gattungen der Literatur** (Kennzeichen dramatischer und epischer Literatur, Textsorten), **Sprache und Kommunikation** (z. B. Spracherwerb, Sprachvarietäten, Kommunikationsmodelle), **Medien** (Zeitung und journalistische Textsorten, digitale Medien, Film usw.), **Sach- und diskontinuierliche Texte** (Schaubilder, Grafiken).

Gehen Sie genau auf die Fragen der Prüfenden ein, antworten Sie strukturiert und fragen Sie Ihrerseits direkt nach, wenn Sie etwas nicht verstanden haben. Achten Sie auch hier darauf, welche Operatoren verwendet werden. Führen Sie Ihre Gedanken **klar, präzise und differenziert** aus, vermeiden Sie pauschale Aussagen und verlieren Sie sich nicht in unwichtigen Details. Stützen Sie sich auf Ihr **Wissen aus den vier Kurshalbjahren** und stellen Sie explizit immer wieder Bezüge dazu her. Dadurch zeigen Sie dem Prüfer/der Prüferin auch, dass der Unterricht bei Ihnen angekommen ist!

Gegen Ende der Prüfung schaltet sich oft der/die Prüfungsvorsitzende ein. Werten Sie auch dies nicht als Grund zur Sorge, sondern als Zeichen für sein/ihr Interesse an Ihnen als Prüfling.

> **TIPP** Notieren Sie sich im Vorfeld **Redewendungen**, mit denen Sie die eventuell nötige Bedenkzeit überbrücken können, z. B. *„Darf ich da nachfragen …?“*, *„Meinen Sie damit, dass …“*, *„Habe ich Sie richtig verstanden, wenn …?“*, *„Interessante Frage! Da muss ich kurz nachdenken.“*

4 Endlich am Ziel! – Bewertung und Benotung

Bei der **Notenfindung** werden Sie nicht dabei sein. Sie können aber davon ausgehen, dass die Prüfenden Ihre Leistung nach bestem Wissen und Gewissen bewerten und Ihr Urteil mit Argumenten begründen. Die folgende Checkliste können Sie zur **Selbsteinschätzung** nutzen oder bei einer simulierten Prüfung in Ihrem Lernteam einsetzen. Freuen Sie sich über alle Teilleistungen, die Sie schon gut beherrschen, und üben Sie diejenigen, die Sie noch nicht können.

Checkliste zur Selbstbewertung

Das kann ich:	+ +	+	-	- -
Allgemeine Kriterien für Vortrag und Gespräch				
• die Aufgabe verstehen	+ +			
• beim Thema der Aufgabe bleiben				
• die Operatoren beachten				
• sachlich richtige und relevante Aussagen machen				
• eine Vielfalt von Aussagen machen				
• sinnvolle Schwerpunkte setzen				
• plausibel und logisch argumentieren				
• Bewertungen sachlich begründen				
• etwas problematisieren				
• Deutungen begründen und belegen				
Kriterien für die Gestaltung des Vortrags				
• den Einstieg interessant gestalten				
• einer klaren Gliederung folgen				
• ein schlüssiges Fazit formulieren				
• Sachverhalte verständlich und in Fachsprache darstellen				
Kriterien für die Vortragsweise				
• frei sprechen				
• ein passendes Sprechtempo einhalten				
• angemessen laut sprechen				
• deutlich artikulieren				
• flüssig sprechen (ohne Stocken oder „Ähm" etc.)				
Kriterien für die Gesprächsführung und -gestaltung				
• Fragen und Impulse verstehen und aufgreifen				
• Zusammenhänge herstellen				
• ein themengebundenes Gespräch führen				
• eigene Beiträge einbringen				
• nachfragen, wenn ich eine Frage nicht verstanden habe				

1. PRÜFUNGSTEIL

Baden-Württemberg ▪ Basisfach Deutsch
Mündliche Abiturprüfung ▪ Übungsreferat 1

Thema des Vortrags Woyzeck

Aufgabenstellung

1 Fassen Sie die wesentlichen Thesen Schößlers zu Büchners „Woyzeck" zusammen.

2 Erörtern Sie vor dem Hintergrund Ihres Verständnisses von Büchners Drama die Überlegung der Autorin, ob „die eigentliche ‚Heldin' des Stücks nicht Marie ist" (Z. 5 f.).

M Franziska Schößler: Weiblichkeit und Tod [in Büchners „Woyzeck"]

[Büchners] Stück stellt eine kritische Analyse konkreter historischer Zustände und Institutionen dar […]. Büchner etabliert […] einen fugenlosen[1] Determinationszusammenhang[2], der private wie öffentliche Ebene umgreift und sich im Mord entlädt, im Mord an einer Frau, Marie – auch diese Frauenleiche ordnet Büchners Drama der Tradition des bürgerlichen Trauerspiels zu. Zu überlegen wäre damit, ob die eigentliche ‚Heldin' des Stücks nicht Marie ist. […] Woyzeck [wird] vor seiner Tat in der Auseinandersetzung mit dem Tambourmajor, der im Übrigen nicht weit über ihm, dem gemeinen Soldaten, steht […], gedemütigt und verweiblicht […]. Diese Auseinandersetzung ist die einzige direkte der Rivalen; Büchner scheint den klassischen Konflikt der Antagonisten eher zu vermeiden […]. Der Major verkündet bei seinem Auftritt emphatisch, und damit wird der Auftritt der Rivalen eindeutig geschlechtlich semantisiert[3]: „Ich bin ein Mann! (schlägt sich auf die Brust) ein Mann sag' ich." Als Woyzeck von ihm verletzt wird, höhnt der Tambourmajor: „[S]oll ich dir noch soviel Athem lassen als ein Altweiberfurz, soll ich?" Woyzeck wird diffamiert[4], und seine Ohnmacht wird mit Bildern diskreditierter[5] Weiblichkeit umschrieben. Ausgehend von dieser Szene nimmt sich der Mord an Marie wie eine narzisstische Heilung[6] der auch buchstäblich beschädigten Männlichkeit aus. Das Blut, das Woyzeck vergießt, wird zu dem Maries. Zum Schluss, in der Schenke, erscheint nicht mehr Woyzeck als der Verletzte – „Anderer: Er blut" –, sondern dieser trägt das Blut Maries an seinem Körper. […] Vorgeführt wird mithin, dass sich die bedrohte Männlichkeit als Aggression gegen das Weibliche wendet.

Quelle: Franziska Schößler: Einführung in das bürgerliche Trauerspiel und das soziale Drama. Darmstadt 2003, S. 66/67.

Anmerkungen

1 fugenlos: hier im Sinne von „lückenlos“
2 Determinationszusammenhang: hier im Sinne einer Verbindung von Faktoren, die das Schicksal des Helden bestimmen
3 semantisiert: mit Bedeutung aufgeladen
4 diffamieren: jemanden in seinem Ansehen herabsetzen
5 diskreditiert: herabgesetzt, abgewertet
6 narzisstische Heilung: hier im Sinne von: Rückgängigmachen der eigenen Kränkungen

Lösungsvorschlag

TIPP *Bearbeitungshinweise*

Teilaufgabe 1: Die erste Teilaufgabe verlangt von Ihnen, die **Kernaussagen Schößlers herauszuarbeiten und wiederzugeben**. In der Vorbereitungszeit empfiehlt es sich, den Text gründlich zu lesen und zentrale Aspekte zu **markieren** sowie **Randnotizen** anzufertigen. In Ihrem Vortrag sollen Sie die Thesen der Autorin **auf sachliche Weise** (d. h. ohne Wertungen!) und **in eigenen Worten** wiedergeben. Zentrale Begriffe können Sie zitieren. Dabei soll es nicht darum gehen, die Aussagen Schößlers chronologisch abzuarbeiten. Vielmehr sollten Sie die **Argumentation der Autorin transparent machen** und verdeutlichen, wie sie ihre Thesen begründet und am Dramentext belegt.

Teilaufgabe 2: Im zweiten Abschnitt der Aufgabe sollen Sie sich mit einem Teilaspekt von Schößlers Ausführungen auseinandersetzen. Es wird eine **Erörterung** der Frage, ob Marie die eigentliche Heldin des Stücks ist, verlangt. Einleitend empfiehlt sich eine äußerst knappe Erläuterung, in welchem **Kontext** Schößlers These steht. Dabei können Sie auf Ihre Ergebnisse aus der ersten Teilaufgabe verweisen. Anschließend ist es sinnvoll, den **Begriff „Heldin"** im dramentheoretischen Sinne kurz zu definieren. In der Folge sollen Sie Ihre eigene Position zur Erörterungsfrage darlegen. Diese kann zustimmend, ablehnend oder abwägend sein. Ihre Haltung müssen Sie argumentativ entfalten, d. h. in der Auseinandersetzung mit Schößlers Standpunkt **eigene Thesen entwickeln** und diese **begründen**. Als Basis dafür dient Ihre Kenntnis des „Woyzeck"-Dramas. Diese schließt ein sehr gutes Wissen über Aufbau, Handlung, Themen, Figuren und (historische) Kontexte ebenso ein wie plausible Deutungen des Werks. Greifen Sie auch auf die im Unterricht erarbeiteten Aspekte zurück. Rufen Sie sich **zentrale Textstellen** aus Büchners Drama in Erinnerung, die Sie für die Begründung Ihrer Position nutzen können. Dabei sollten Sie sich auf wenige aussagekräftige Belege konzentrieren.

Mögliche Fragen als Überleitung zum Prüfungsgespräch:

- Erläutern Sie, inwiefern sich Formen der Machtausübung im Stück manifestieren.
- Stellen Sie Bezüge zwischen der Handlung des Dramas und der politischen Situation in der Entstehungszeit her.
- Vergleichen Sie die politischen Bezüge in Büchners „Woyzeck" und Thomas Manns „Mario und der Zauberer".

Franziska Schößler deutet im vorliegenden Textauszug Georg Büchners Drama „Woyzeck“ einerseits als Kritik an sozialen Verhältnissen der Entstehungszeit, andererseits im Hinblick auf Geschlechterverhältnisse und die Tradition des bürgerlichen Trauerspiels.

Einleitung

Die Autorin stellt einen „Determinationszusammenhang“ (Z. 2 f.) fest, in dem der Protagonist Woyzeck stehe: Er wird in ihren Augen von den Gegebenheiten seiner Zeit bestimmt. Den Mord **Woyzecks** an seiner Geliebten Marie betrachtet sie als eine Folge dieser **Fremdbestimmung** (vgl. Z. 3 f.). Im **Tod der weiblichen Protagonistin** am Ende des Stücks erkennt Schößler zudem einen Bezug zur Gattung des bürgerlichen Trauerspiels, einer einflussreichen Dramenform der Aufklärung (vgl. Z. 4 f.). Daher rührt auch ihre Überlegung, ob Marie die eigentliche Heldin des Stücks sei. Die Autorin bezieht sich dabei offensichtlich auf die Tatsache, dass es im bürgerlichen Trauerspiel oftmals die weiblichen Protagonistinnen sind, die als tragische Heldinnen am Ende des Stücks durch Männerhand zu Tode kommen. In dieser Tradition verortet Schößler das „Woyzeck“-Drama.

Teilaufgabe 1: Zusammenfassung der Thesen Schößlers

Merkmal des bürgerlichen Trauerspiels im Drama

Folglich konzentriert sich die Autorin in ihrer weiteren Argumentation auf die **Konfrontation zwischen Weiblichkeit und Männlichkeit**. Woyzecks Mord an Marie deutet sie als eine Folge gekränkter Männlichkeit. Als Begründung hierfür dient ihr die **Auseinandersetzung** Woyzecks mit seinem männlichen Rivalen, dem **Tambourmajor** (vgl. Z. 6 ff.). Die beiden Männer konkurrieren um die Gunst Maries. In der einzigen direkten – verbal und körperlich ausgetragenen – Konfrontation der beiden im Stück erkennt Schößler eine **Demütigung und Verweiblichung Woyzecks**. Ihre These macht sie an zwei Aussagen des Tambourmajors fest. Zum einen lade dieser die Begegnung der beiden insofern geschlechtlich auf, als er sich auf die Brust schlage und dabei verkünde: „Ich bin ein Mann!“ (Z. 12) Zum anderen würdige er Woyzeck durch die Beleidigung „[S]oll ich dir noch soviel Athem lassen als ein Altweiberfurz“ (Z. 13 f.) herab. Diese Verhöhnung und die – auch physische – Unterlegenheit und Machtlosigkeit ließen Woyzeck verweiblicht erscheinen.

Woyzecks gekränkte Männlichkeit

Durch die Tötung Maries mache Woyzeck die Kränkung seiner Männlichkeit rückgängig. Während zunächst der vom Tambourmajor angegriffene Woyzeck blutet, kehren sich in der Folge die Verhältnisse um, so Schößler (vgl. Z. 17 ff.). Das Blut, das andere in der Schenke an Woyzeck erkennen, sei nun nicht mehr sein eigenes, sondern dasjenige Maries, das er nach dem Mord an sich trage. Nach

Aufhebung der Kränkung durch Tötung Maries

Interpretation der Autorin **greift bedrohte Männlichkeit in einem Akt der Selbstheilung das Weibliche an** (vgl. Z. 19 ff.).

Teilaufgabe 2:
Überleitung zur Erörterung

Mit ihrem Fokus auf Geschlechterverhältnisse in „Woyzeck“ fügt Schößler den üblichen historischen und sozialkritischen Interpretationen (die sie selbst auch anspricht) eine weitere Deutungsebene hinzu. Gleichzeitig **rückt** sie die **Figur der Marie** dabei stärker **in den Mittelpunkt des Interesses**, als es in vielen Interpretationen geschieht, die sich auf den männlichen Protagonisten Woyzeck konzentrieren. Inwiefern sich Schößlers Überlegung, „ob die eigentliche ‚Heldin‘ des Stücks nicht Marie ist“ (Z. 5 f.), schlüssig am Dramentext belegen lässt, soll im Folgenden erörtert werden.

vordergründig Woyzeck „Held“ des Dramas

Zunächst erscheint Woyzeck als klarer Protagonist und damit vielleicht auch „Held“ des Dramas. Nicht nur ist er die titelgebende Figur des Stücks, sondern auch **inhaltlich dreht sich alles um Woyzeck und seinen Leidensweg**. Er versucht, seine Familie unter schwierigsten ökonomischen und sozialen Bedingungen zu ernähren, und nimmt dafür sogar in Kauf, dass ihm keine freie Zeit bleibt und er seine Gesundheit erheblich gefährdet. Am Ende scheitert er, indem er durch Maries Untreue den letzten Halt in seinem Leben verliert. Auf den ersten Blick ist er somit der Held des Dramas.

Heldinnen im bürgerlichen Trauerspiel

Trotzdem ist auch Schößlers Ansatz nicht von der Hand zu weisen. Sie begründet diesen mit der Tötung Maries durch Woyzeck, in der sie einen Bezug zur Tradition des bürgerlichen Trauerspiels erkennt. Denn in diesem sind, wie bereits gesagt, oftmals Frauen die Heldinnen, also die zentralen Handlungsträgerinnen. Am Ende der Stücke kommen die weiblichen Hauptfiguren zu Tode. Dabei werden sie zum **Opfer herrschender Machtverhältnisse – in einer Gesellschaft, die von Männern dominiert wird**. Diese hindert sie nicht nur daran, ihr Leben selbstbestimmt zu gestalten. Vielmehr wird die Erfüllung ihrer Wünsche und ihr **autonomes Handeln** – vor allem in sexueller Hinsicht – sogar **mit dem Tod bestraft**. Beispiele hierfür sind Emilia Galotti in Lessings gleichnamigem Drama oder Luise Miller in Schillers „Kabale und Liebe“. Die beiden werden von ihrem Vater bzw. ihrem Geliebten getötet, um die beschädigte weibliche Tugend wiederherzustellen bzw. aus Eifersucht angesichts einer vermuteten Untreue. Gleichzeitig ist es ein Verdienst des bürgerlichen Trauerspiels, **Personen aus weniger privilegierten gesellschaftlichen Schichten** zu Heldinnen und Helden des Dramas zu erheben. Dies war zuvor ausschließlich Personen höheren Standes, vornehmlich aus dem Adel, vorbehalten.

Die Figur der Marie Zickwolf kann insofern durchaus als Heldin gesehen werden. Sie ist, wie die soeben erwähnten weiblichen Hauptfiguren des bürgerlichen Trauerspiels, in mehrfacher Hinsicht ein **Opfer männlich geprägter gesellschaftlicher Machtverhältnisse**, wie ich im Folgenden zeigen möchte.

Herstellung eines Bezugs zu Marie

Zunächst einmal wird Marie ein **selbstbestimmtes Leben verwehrt**. Sie ist durch ihren niedrigen gesellschaftlichen Stand gezwungen, ein Dasein in großer Armut zu führen. Dies erkennt sie selbst, wie in der 4. Szene deutlich wird: „[I]ch bin nur ein arm Weibsbild." Mit dieser Aussage reflektiert Marie ihre prekäre ökonomische Situation, die ihr „nur ein Eckchen in der Welt und ein Stückchen Spiegel" (4. Szene) lässt. Zugleich weiß sie um ihre körperliche Attraktivität: „[U]nd doch hab' ich einen so roten Mund als die großen Madamen mit ihren Spiegeln von oben bis unten und ihren schönen Herrn, die ihnen die Händ' küssen" (4. Szene). Diese Aussage verdeutlicht, was ihr als Frau **aufgrund ihrer sozialen Situation** und ihres Verhältnisses mit dem unterprivilegierten Woyzeck verwehrt bleibt.

Maries Dasein in Armut aufgrund ihres gesellschaftlichen Standes

Auch Maries **Beziehung zu Woyzeck leidet** unter ihrer prekären Situation. Um den Lebensunterhalt der Familie bestreiten zu können, muss ihr Geliebter mehreren Tätigkeiten nachgehen und hat kaum Zeit, sich Marie und dem gemeinsamen Sohn Christian zu widmen. **Marie bleibt oft allein** mit dem Kind. Hinzu kommen **Woyzecks zunehmende Wahnvorstellungen**, die Marie ebenfalls belasten. Die gesamte Situation führt bei ihr zu Beklemmungen und Angstvisionen: „Es wird so dunkel, man meint, man wär blind." (2. Szene)

Maries Leiden unter Problemen ihres Geliebten Woyzeck

Ihre schwierige soziale und finanzielle Situation und die fehlende Bindung zu Woyzeck lassen den Tambourmajor für Marie attraktiv erscheinen. Sie erhofft sich, von ihm das zu bekommen, was Woyzeck ihr nicht bieten kann. Wiederholt **bewundert** sie die **traditionell männlich konnotierte Kraft des Tambourmajors**, den sie mit einem Löwen und einem Stier vergleicht (vgl. 2. und 6. Szene). Es ist die animalisch-triebhafte Männlichkeit des Tambourmajors, der sich Marie hingibt („Wild Tier!", 6. Szene). Indirekt **zieht sie** also die physische Stärke des Majors **der Schwäche Woyzecks vor**. Indem sie sich einem stärkeren Mann zuwendet, bezieht sich Marie auf das **Selbstbild des Tambourmajors und dessen Herabwürdigung Woyzecks** – Aspekte, die Schößler in ihrem Text herausarbeitet.

Stärke des Tambourmajors attraktiv für Marie

Hinzu kommt, dass durch den Tambourmajor die **Möglichkeit eines finanziellen Aufstiegs** für Marie greifbar zu werden scheint. Dies

Geld des Tambourmajors für Marie verlockend

wird anhand der Ohrringe deutlich, die ihr der Tambourmajor offensichtlich geschenkt hat und die zu den bereits erwähnten Reflexionen über ihren Status als „armes Weibsbild" führen.

Gleichzeitig leidet Marie nicht nur unter ihrer sozialen und ökonomischen Situation, sondern auch unter ihren Versuchen, diesem Status zu entkommen. Ihr **Verhältnis mit dem Tambourmajor** löst in ihr Gewissensbisse, **Selbstvorwürfe** und sogar Suizidgedanken aus: „Ich bin doch ein schlecht Mensch. Ich könnt' mich erstechen." (4. Szene) Ihre Untreue quält sie zunehmend. Sie sucht Trost in der Bibel; es gelingt ihr jedoch nicht zu beten, sodass ihr auch die Religion keine Erleichterung bieten kann (vgl. 17. Szene).

Maries schlechtes Gewissen aufgrund ihrer Untreue

Maries Verhältnis mit dem Tambourmajor kann als **Versuch** gedeutet werden, **ihre Wünsche und Bedürfnisse auszuleben**, was ihr bisher aufgrund ihrer sozialen und ökonomischen Situation verwehrt geblieben ist. Die damit verbundene Untreue weckt wiederum **Woyzecks Eifersucht**. Diese führt in Kombination mit seiner schwierigen Lebenssituation und seiner psychischen Erkrankung dazu, dass er seine Geliebte umbringt. Maries Versuch, ihrer bedrückenden Situation zu entkommen, kostet sie also schlussendlich das Leben. **Analog zu den Geschehnissen in den erwähnten bürgerlichen Trauerspielen** wird der Versuch weiblichen Autonomiestrebens in einer männerdominierten Gesellschaft mit dem Tod bestraft.

Maries Tod als Folge ihres Strebens nach Selbstbestimmung

Zieht man alle angeführten Aspekte in Betracht, lässt sich festhalten, dass **sowohl Woyzeck als auch Marie Opfer ihrer Verhältnisse** werden. Beide erscheinen insofern als Helden, als sie sich ihrem Schicksal entgegenstellen, letztlich aber scheitern. Woyzeck entspricht in seiner Getriebenheit und Fremdbestimmtheit allerdings nicht dem Profil eines klassischen Helden, sondern muss eher als Antiheld bezeichnet werden.

Fazit:
Woyzeck als Antiheld

Marie wiederum muss ihr Kind in schwierigen Verhältnissen nahezu allein großziehen, da ihr Partner Woyzeck aus den bereits genannten Gründen weitgehend abwesend ist. Ihre Wünsche nach sozialem Aufstieg und Befriedigung ihres sexuellen Begehrens bleiben lange Zeit unerfüllt. Als sie mithilfe des Tambourmajors versucht, ihre Träume zumindest zeitweilig Wirklichkeit werden zu lassen, fällt sie Woyzecks Eifersucht zum Opfer und wird von diesem getötet. Marie erscheint somit als **Heldin im doppelten Sinne:** Sie **stemmt sich** nicht nur mit aller Verzweiflung **gegen** ein in vielen Aspekten **menschenunwürdiges Dasein**, sondern **muss** am Ende dafür auch noch **mit ihrem Leben bezahlen**. Insofern könnte man Schößler zustimmen, dass Marie die eigentliche Heldin des Stücks ist.

Zustimmung zu Schößlers These: Marie als eigentliche Heldin des Stücks

Thema des Vortrags Leben des Galilei

Aufgabenstellung

1 Fassen Sie den Inhalt des Textauszuges zusammen.

2 Erläutern Sie die Bedeutung der Eingangsszene, indem Sie diese mit der Schlussszene des Stücks in Beziehung setzen.

3 Beurteilen Sie das Verhältnis von Galilei und Andrea im weiteren Verlauf des Schauspiels.

M Bertolt Brecht: Leben des Galilei

Galileo Galilei, Lehrer der Mathematik zu Padua, will das neue kopernikanische Weltsystem beweisen

In dem Jahr sechzehnhundertundneun
Schien das Licht des Wissens hell
Zu Padua aus einem kleinen Haus.
Galileo Galilei rechnete aus:
Die Sonn steht still, die Erd kommt von der Stell.

Das ärmliche Studierzimmer des Galilei in Padua. Es ist morgens. Ein Knabe, Andrea, der Sohn der Haushälterin, bringt ein Glas Milch und einen Wecken.

GALILEI: *sich den Oberkörper waschend, prustend und fröhlich*: Stell die Milch auf den Tisch, aber klapp kein Buch zu.

ANDREA: Mutter sagt, wir müssen den Milchmann bezahlen. Sonst macht er bald einen Kreis um unser Haus, Herr Galilei.

GALILEI: Es heißt: er beschreibt einen Kreis, Andrea.

ANDREA: Wie Sie wollen. Wenn wir nicht bezahlen, dann beschreibt er einen Kreis um uns, Herr Galilei.

GALILEI: Während der Gerichtsvollzieher, Herr Cambione, schnurgerade auf uns zu kommt, indem er was für eine Strecke zwischen zwei Punkten wählt?

ANDREA: *grinsend*: Die kürzeste.

GALILEI: Gut. Ich habe was für dich. Sieh hinter den Sterntafeln nach.

Andrea fischt hinter den Sterntafeln ein großes hölzernes Modell des ptolemäischen Systems hervor.

ANDREA: Was ist das?

GALILEI: Das ist ein Astrolab; das Ding zeigt, wie sich die Gestirne um die Erde bewegen, nach Ansicht der Alten.

ANDREA: Wie?

GALILEI: Untersuchen wir es. Zuerst das erste: Beschreibung.

ANDREA: In der Mitte ist ein kleiner Stein.

GALILEI: Das ist die Erde.

ANDREA: Drum herum sind, immer übereinander, Schalen.

GALILEI: Wie viele?

ANDREA: Acht.

GALILEI: Das sind die kristallnen Sphären.

ANDREA: Auf den Schalen sind Kugeln angemacht …

GALILEI: Die Gestirne.

ANDREA: Da sind Bänder, auf die sind Wörter gemalt.

GALILEI: Was für Wörter?

ANDREA: Sternnamen.

GALILEI: Als wie?

ANDREA: Die unterste Kugel ist der Mond, steht drauf. Und darüber ist die Sonne.

GALILEI: Und jetzt laß die Sonne laufen.

[…]

Quelle: Bertolt Brecht, Leben des Galilei, Text und Kommentar, Suhrkamp 1998, S. 9 f.

Lösungsvorschlag

TIPP *Bearbeitungshinweise*

Teilaufgabe 1: Für die Frage nach dem Inhalt der Eingangsszene sollten Sie sich zuerst daran orientieren, welche **Figuren** auftreten, wer am meisten spricht und was die Figuren auf der Bühne tun. Sie können schnell bemerken, dass die **titelgebende Figur Galilei** im Mittelpunkt steht und weniger der **Gesprächspartner Andrea**. Beim Blick auf **Brechts Szenentitel** lässt sich zugleich das Bühnengeschehen der ganzen Szene erkennen. Die anschließenden **Gedichtzeilen** ordnen die Handlung für Sie geschichtlich und geographisch ein: Padua 1609.

Teilaufgabe 2: Da in Dramen stets **Beziehungen zwischen den einzelnen Figuren** im Mittelpunkt stehen, erweisen sich Eingangs- und Schlussszenen für Sie als besonders wichtig. Zu Beginn des Stücks werden dem Theaterpublikum meist die **charakteristischen Eigenschaften der Figuren** vorgeführt, die Sie dann im Laufe der Bühnenereignisse – also in den einzelnen Szenen mit weiteren Charakteren und in verschiedenen Handlungsweisen – detailliert mitverfolgen sollten. Besondere Aufmerksamkeit sollten Sie dann der **Schlussszene des Stücks** widmen, da mit den darin formulierten Aussagen und Eindrücken die Zuschauer nach Hause entlassen werden. Indem Brecht ein Drama über vergangene Zeiten präsentiert, fordert er das heutige Publikum dazu auf, die geschilderten Verhältnisse mit der gegenwärtigen Situation zu vergleichen und daraus den **Schluss der Veränderbarkeit von gesellschaftlichen Zuständen** zu ziehen.

Teilaufgabe 3: Wenn Sie die zentrale Bedeutung der Eingangsszene und das entscheidende **Lehrer-Schüler-Verhältnis zwischen Galilei und Andrea** thematisiert haben, können Sie anhand der einzelnen Szenen die **Präzisierung dieser Beziehung** ebenso wie die **Charakteristik Galileis als Wissenschaftler und Genussmensch** vornehmen. Sie sollten herausarbeiten, dass Andrea, der anfangs gelehrige Schüler Galileis, sich am Ende selbst als **Lehrer der Knaben an der Grenze** präsentiert. Neben dieser Entwicklung gilt es den **Wandel in Andreas Einschätzung von Galileis Widerruf** wahrzunehmen, wohingegen Galilei sich selbst am Ende schonungslos als Verräter charakterisiert.

Mögliche Fragen als Überleitung zum Prüfungsgespräch:

- Sie haben in Ihrem Vortrag sehr viel über den Charakter Galileis gesprochen. Wie beurteilen Sie ihn letztlich, als positiven Helden oder als Verräter?
- In Ihrem Vortrag haben Sie die Rolle Andreas detailliert beschrieben, also vom elfjährigen Knaben hin zum Gelehrten. Welche Probleme sehen Sie darin für eine Inszenierung des Stücks?
- Die Bedeutung der Eingangsszene in Brechts Stück haben Sie in Ihrem Vortrag klar beschrieben. Könnten Sie sich auch eine ganz andere Eingangsszene vorstellen, also etwa eine 1. Szene mit Galilei und einer anderen Figur?

In diesem Textauszug, genauer gesagt der Eingangsszene des Schauspiels mit insgesamt 15 Szenen zeigt sich die Hauptfigur Galileo **Galilei als geduldiger Lehrer**. Andrea, den elfjährigen Sohn seiner Haushälterin Frau Sarti, klärt er über das neue, **kopernikanische Weltbild** auf. Von Bedeutung für das Theaterpublikum dürfte auch das **„ärmliche Studierzimmer"** (Z. 8) Galileis sein sowie Andreas Hinweis auf die anstehende Bezahlung der Milchrechnung (vgl. Z. 12). Deshalb muss der „Lehrer der Mathematik zu Padua" – wie er im Titel dieser 1. Szene genau beschrieben wird – auch Unterricht gegen Bezahlung erteilen. Dieser steht im direkten Gegensatz zur vollkommen unentgeltlichen Belehrung Andreas.

Teilaufgabe 1: Zusammenfassung des Textauszugs

Galilei widmet sich in diesem Szenenauszug eigentlich der alltäglichen Morgentoilette (vgl. Z. 10). Die Erklärung des kopernikanischen Weltbildes ausgehend von der Bezahlung einer Milchrechnung beginnt mit Galileis ersten Hinweisen darauf, wie eine **exakte Untersuchung unerkannter Phänomene** erfolgen soll. Mithilfe der **Frage-Antwort-Struktur** zeigt sich schnell, wer hier lehrt und wer lernt (vgl. Z. 17 f., 31, 37, 39). Galilei wird als erklärender Wissenschaftler erkennbar und **Andrea als dessen wissbegieriger Schüler**.

Rollenverteilung zwischen Galilei und Andrea

In der ersten Szene des Schauspiels, die 1609 in Padua spielt, werden die beiden Hauptfiguren, Galileo Galilei und Andrea Sarti, in einem **Lehrer-Schüler-Verhältnis** gezeigt. Der 45-jährige Universitätsprofessor klärt den elfjährigen Knaben Andrea über das vollkommen neue Weltbild auf und stellt dieses heliozentrische Weltbild dem alten, geozentrischen gegenüber und betont so die **„neue Zeit"** (S. 10). Mit dieser Szene beginnen **alle drei Fassungen des Stückes**, also sowohl die dänische Fassung aus den Jahren 1938/39 als auch die amerikanische Fassung der Jahre 1944/47 und nicht zuletzt die vorliegende Berliner Fassung, die 1955/56 entstand. Insofern legte Brecht auf diese Figurencharakteristik, Galilei als einflussreicher Lehrer und Andrea als sein gelehriger Schüler, größten Wert wie auch auf die **Gegenüberstellung zweier Weltbilder**.

Teilaufgabe 2: Bedeutung der Eingangsszene

verschiedene Fassungen des Stücks

Die Rolle Galileis als Lehrer wird dabei stets als Handeln präsentiert, wobei die Frage-Antwort-Struktur im Mittelpunkt steht, sodass auch das Publikum das neue und heute gültige Weltbild verstehen kann. Im Laufe des Schauspiels „Leben des Galilei" werden die Rollen der beiden Hauptfiguren im Einzelnen und vor allem in ihrer Entwicklung, also **vom Jahre 1609 bis zum Jahr 1637,** detailliert vorgestellt. Insofern erweist sich der **Schluss des Dramas als Konsequenz der Eingangsszene**. Denn in dieser 15. Szene liest man den Titel: „1637, Galileis Buch ‚Discorsi' überschreitet die italienische Grenze"

Bezug zur Schlussszene

Galileis Werk „Discorsi"

(S. 130). Damit steht nun **Galileis Werk im Zentrum** und weniger die mittlerweile fast erblindete Person. Deshalb stellt die letzte Szene **Andrea** in den Mittelpunkt des Geschehens und zeigt ihn vor allem **als Lehrer der „neuen Zeit“**.

Andrea in der letzten Szene

Es sind drei namenlose Jungen, die Andrea **während seines Grenzübertritts** über die Bewegungen einer Kiste belehrt, um am Ende bei der allgemeinen Frage des Fliegens zu landen. So präsentiert sich in dieser Szene Andrea nunmehr als Lehrer und greift auf die **Rollenverteilung der 1. Szene** zurück, in der er als elfjähriger Junge Galilei als Lehrer hatte und als dessen Schüler eingeführt wurde.

Leitmotiv „Sehen“

Wie bereits zu Beginn des Schauspiels geht es dabei vor allem um das **allgemeine Thema Sehen**, worin sich dieses gegenüber anderen Formen der Wahrnehmung, wie etwa dem Glotzen (vgl. S. 13), auszeichnet und was die **Wissenschaft vom Glauben unterscheidet**. Deutlich wird dies mit Galileis Worten: „Denn wo der Glaube tausend Jahre gesessen hat, eben da sitzt jetzt der Zweifel. Alle Welt sagt: ja, das steht in den Büchern, aber laßt uns jetzt selbst sehn.“ (S. 11)

Sehen als Instrument der Erkenntnis

Andreas Überlegungen zum Fliegen

Daher richten sich **Andreas Schlussworte** nicht nur an die Jungs, die noch an den Teufel glauben, sondern **an das Publikum**. Dieses muss wie die Bühnenfiguren **„lernen, die Augen aufzumachen“** (S. 133). Und Brecht lässt seinen Andrea im Jahr 1637 noch die prophetischen Worte sagen: „Auf einem Stock kann man nicht durch die Luft fliegen. Er müßte zumindest eine Maschine dran haben. Aber eine solche Maschine gibt es noch nicht.“ **Andreas Aussage hat sich bewahrheitet.** Heute weiß jedes kleine Kind, dass man mit **Flugzeugen** problemlos durch die Luft und überall hinfliegen kann.

mögliche Lehre für das Publikum

Andreas letzter Satz im Schauspiel lautet: „Wir stehen wirklich erst am Beginn.“ Daraus lässt sich für das Publikum der Schluss ziehen, dass **kontinuierliche Entwicklung das Leben bestimmt**. Dementsprechend muss man die verschiedenartigen Veränderungen erkennen. Mit dem Motiv der Milch und Andreas neuer Rolle als Lehrer betont Brecht, was sich zwischen der ersten und letzten Szene alles verändert hat. Stets sollte das **Bühnengeschehen auch als Lehre für die Zuschauer** verstanden werden, zunächst mit Galilei als belehrender Figur in der 1. Szene und am Schluss mit Andrea.

Unabschließbarkeit des Erkenntnisprozesses

Dieser weist dabei auch darauf hin, dass man „bei weitem nicht genug“ (S. 133) weiß. Deshalb sollte die **Suche nach Erkenntnissen als unaufhörlicher Prozess** verstanden werden, und Galilei als Begründer der neuzeitlichen Wissenschaft. Galileis Vorgänger hielten sich zunächst an die Bücher und konnten das kopernikanische Weltbild nur durch Gedankenhypothesen erklären. Galilei hingegen war der erste Forscher, der die **neuen Vorstellungen mithilfe des Fernrohrs beweisen** und damit seine Einsichten sichtbar machen konnte.

Teilaufgabe 3: Entwicklung zwischen Galilei und Andrea

Die Bewunderung des wissbegierigen Jungen Andrea für seinen Lehrer Galilei, der ihn das Sehen lehrt, schafft die Grundlage für **Andreas Wunsch**, auch einmal **„Physiker" zu werden**. Bereits in der 4. Szene, die in Florenz spielt, handelt Andrea „ähnlich seinem Lehrer" (S. 43): Er benutzt dessen Worte, um nun seinerseits als Lehrer dem neunjährigen **Großherzog Cosmo** die **Vorzüge des neuen Weltbilds** gegenüber dem alten ptolemäischen zu erklären – allerdings erfolglos. Aber auch Galilei misslingt es, die Florentiner Gelehrten von seinen Entdeckungen zu überzeugen.

Andrea als Galileis Assistent

Vereint in der Suche nach Wahrheit trotzen Galilei und Andrea in der 5. Szene den Gefahren der Pest. Als „junger Mann" wird Andrea dann in der 9. Szene als einer von drei „Schülern" neben dem Linsenschleifer Federzoni und dem kleinen Mönch bei den Experimenten gezeigt. Er hat also die **Lektionen der wissenschaftlichen Arbeit gelernt** und kann die Methoden, etwa jene der Beschreibung aus der 1. Szene, praktisch anwenden. Diese drei Personen kommentieren dann in der 13. Szene mögliche Verhaltensweisen Galileis bezüglich eines Widerrufs der neuen Lehre. Andrea zeichnet sich dabei als konsequenter Anhänger seines Lehrers aus und ist felsenfest davon überzeugt, dass dieser „niemals widerruft" (S. 111). Deshalb reagiert gerade Andrea auf **Galileis Widerruf** emotional (vgl. S. 115).

Andrea als Kritiker Galileis

Andreas Kehrtwende angesichts der „Discorsi"

Diese gegensätzlichen Positionen gilt es zu bedenken, wenn in der vorletzten Szene beide Figuren letztmals aufeinandertreffen. **Andrea entschuldigt Galileis Verhalten** mit dessen fertiggeschriebenen „Discorsi" und erklärt es als „menschliche Schwäche", die für die Wissenschaft keine Bedeutung habe (vgl. S. 126). **Galilei jedoch bezichtigt sich selbst als Verräter.** Ausführlich legt er seine Gegenposition zu Andreas wohlwollenden Worten dar und beschreibt die Auswirkungen eines Widerrufs, etwa in Form eines hippokratischen Eides für Naturwissenschaftler. Galilei charakterisiert sich am Ende so: „Ich habe meinen Beruf verraten. Ein Mensch, der das tut, was ich getan habe, kann in den Reihen der Wissenschaft nicht geduldet werden." (S. 128)

Galileis Selbstcharakterisierung

Verbreitung der „Discorsi" durch Andrea

Mit dieser Einschätzung Galileis endet die Berliner Fassung aber nicht. In der letzten Szene **schmuggelt Andrea die „Discorsi" über die Grenze**. Für Andrea zählt das geschriebene Werk Galileis mehr als dessen einmalig gezeigter Gehorsam gegenüber der Obrigkeit in Form des Widerrufs. Es bleibt dem Publikum überlassen, welcher Position es eher zustimmt: **Galileis vernichtender Verurteilung seines fehlerhaften Verhaltens** oder **Andreas Neueinschätzung**

von Galileis Benehmen aufgrund der Tatsache, dass Galilei sein wissenschaftliches Werk trotz aller Widerstände vollendet hat.

In der Schlussszene präsentiert der Autor Brecht den einstigen Schüler Andrea als Lehrer, der **das Werk Galileis konsequent weiterführt**. Andrea wird dabei aber als positive Figur dargestellt, wohingegen Galilei sich für sein Verhalten selbst entschieden kritisiert hat. So zeigen sich **zwei unterschiedliche Positionen bezüglich der Bewertung von Galileis Widerruf**. Andreas Einschätzung seines Vorbildes verändert sich im Laufe des Stückes: von der kindlichen Bewunderung zu Beginn des Schauspiels über die Abkehr wegen Galileis Widerruf in der 13. Szene bis hin zur **Neueinschätzung**, nachdem er in Galileis „Discorsi" geblättert hat: „Dies ändert alles. Alles." (S. 124) Mit diesen Worten kann Galilei am Ende wieder als das hochgeschätzte Vorbild gelten, und selbst **Galileis vernichtende Selbstkritik** vermag daran nichts zu ändern.

Andreas Entwicklung zum Lehrer und Wissenschaftler

Bedeutung der „Discorsi"

Fazit:

Fasst man das Verhältnis Galileis zu Andrea mit Blick auf den gesamten Verlauf des Dramas zusammen, so dürfte klar werden, welche Veränderungen diese Beziehung durchlaufen. Für Brecht scheint jedoch wichtig gewesen zu sein, den anfänglich positiv gezeichneten Wissenschaftler **am Ende kritisch und verantwortungslos, als Verräter darzustellen** (vgl. S. 128).

Galilei als Verräter an der Wissenschaft

Diese Einschätzung in Galileis letztem Auftritt auf der Bühne wiegt umso eindrücklicher, wenn man sie mit jener Handlungsmaxime in der 8. Szene vergleicht. „Im Gespräch" Galileis mit dem Kleinen Mönch betont der Wissenschaftler die **Notwendigkeit, für die neuen Einsichten zu kämpfen** (vgl. S. 80). Denn für Galilei gilt in diesem Moment das **Prinzip der Verantwortung**, für die neuen Einsichten einzutreten auch und vor allem angesichts der Vorstellungen der Kirche. Andrea sieht Galileis wissenschaftliche Arbeit, die Fertigstellung der „Discorsi", als entscheidend dafür an, dass er selbst wiederum zum wissenschaftlichen Fortschritt beitragen kann. Mit seiner Arbeit als Physiker setzt Andrea Galileis Erkenntnisse fort und trägt zu entscheidenden **Veränderungen im gesellschaftlichen Leben** bei.

Galileis unterschiedliche Einschätzungen

Veränderung und Fortschritt durch Wissenschaft

Thema des Vortrags Der gute Gott von Manhattan

Aufgabenstellung

1 Ordnen Sie beide Textstellen in den Hörspielverlauf ein.

2 Interpretieren und vergleichen Sie die beiden Textstellen: Beziehen Sie dabei insbesondere die unterschiedliche Sprache der Figuren, ihre jeweilige Charakterisierung und die Symbolik der Orte mit ein.

M 1 Ingeborg Bachmann: Der gute Gott von Manhattan (Auszug 1)

In einer Nachtbar *dann* auf der Straße *später* in einem Stundenhotel

[…]
Sie gehen, ohne zu sprechen, durch den Korridor, er sperrt die Zimmertür auf und dann ab, wenn sie eingetreten sind.
[…]

JAN: Zieh dich aus!

JENNIFER *weinerlich:* Meine armen Hände. Meine armen, armen Hände. Sieh sie dir bloß an.

JAN: Hast du mich nicht aufgefordert zu allem? Es ist mir noch nie in den Sinn gekommen, jemand so weh zu tun.

JENNIFER: Wenn wenigstens das Zimmer nicht so schmutzig und finster wäre – etwas für Fliegen, für Schaben als Aufenthalt. Und ich selbst bin schmutzig von feuchter Zuckerluft. Schmeckst du den Sirup in der Luft?

JAN *wärmer:* Du bist sehr süß, Jennifer. Denk nicht daran, mach die Augen zu. *Hält inne, dann mit einer nur geringen Ironie.* Ach nein, sagte ich: „süß“?

JENNIFER *zitternd:* Ja.

JAN: Ich wollte etwas ganz anderes sagen. Man denkt nämlich nichts mehr dabei, weißt du? In Wahrheit denke ich, daß ich morgen früh aufs Schiffsbüro muß. […]

JENNIFER *tonlos:* Soll ich das Licht abdrehen?

JAN: Dreh es ab. Und glaub mir, ich möchte dich ja gerne mit Schnee überschütten, damit du noch kühler wirst, als du warst, und noch mehr bedauerst. Auch ich werde es vielleicht bedauern oder vergessen im besten Fall. Man weiß so wenig vorher. Auch nachher. Eine Nacht ist zuviel und zuwenig.

JENNIFER *vorbeiredend:* Ich könnte das Radio einschalten. Es muß noch ein Nachtprogramm geben. Immer, wenn ich nach Hause komme, höre ich noch Musik, vorm Einschlafen. Das ist sehr schön.

JAN: Musik? Meine liebe Jennifer, jetzt wirst du keine hören – *und doch beginnt jetzt die Musik leise* – denn ich werde es nicht dulden.

JENNIFER *unter Tränen:* Nein? Du bist furchtbar. Warum? Warum tust du das? Warum, warum, warum?

JAN: Warum küßt du mich aber? Warum?

Die Musik, die lauter geworden ist, endet, und es ist einen Augenblick lang still.

[…]

Quelle: Ingeborg Bachmann: Werke, hrsg. von Christine Koschel, Inge von Weidenbaum u. Clemens Münster, Erster Band. Piper München u. Zürich 1978, S. 283 f.

M 2 Ingeborg Bachmann: Der gute Gott von Manhattan (Auszug 2)

Im Zimmer des 57. Stockwerks

[…]

JENNIFER: Vergeh ich schon? Und vergeh ich nicht wegen dir?

JAN: Dann ist wenig Zeit auf der Welt. Denn wenn alles entdeckt und verformelt ist, wird die Lasur deiner geschmeidigen Augen und die blonde Haarsteppe auf deiner Haut von mir noch nicht begriffen sein. Wenn alles gewußt, geschaffen und wieder zerstört sein wird, werde ich noch verführt werden im Labyrinth deiner Blicke. Und es wird mich das Schluchzen, das deinen Atemweg heraufkommt, bestürzen wie nichts sonst.

JENNIFER: So wenig Zeit. Viel zu wenig Zeit.

JAN: Und darum will ich dein Skelett noch als Skelett umarmen und diese Kette um dein Gebein klirren hören am Nimmermehrtag. Und dein verwestes Herz und die Handvoll Staub, die du später sein wirst, in meinen zerfallenen Mund nehmen und ersticken daran. Und das Nichts, das du sein wirst, durchwalten mit meiner Nichtigkeit. Bei dir sein möchte ich bis ans Ende aller Tage und auf den Grund dieses Abgrundes kommen, in den ich stürze mit dir. Ich möchte ein Ende mit dir, ein Ende. Und eine Revolte gegen das Ende der Liebe in jedem Augenblick und bis zum Ende.

JENNIFER: Mein Ende. Sag es zu Ende.

JAN: Es ist da eine Niedertracht von Anfang an, und keine Blasphemie wird ihr Ausmaß erreichen. Was müssen wir uns vorhalten lassen mit Liebe, dieser Flammenschrift, und auslöschen sehen, wenn wir nähergekommen sind? […] Schlaf nicht ein, ich bitte dich.

JENNIFER: Ich werde nicht mehr schlafen. Dich nicht mehr lassen.

JAN: So komm. Ich bin mit dir und gegen alles. Die Gegenzeit beginnt.

Quelle: Ingeborg Bachmann: Werke, hrsg. von Christine Koschel, Inge von Weidenbaum u. Clemens Münster, Erster Band. Piper München u. Zürich 1978, S. 316 f.

Lösungsvorschlag

TIPP *Bearbeitungshinweise*

Bei Ingeborg Bachmanns Hörspiel „Der gute Gott von Manhattan" handelt es sich um einen der anspruchsvollsten Texte aus der Lektüreliste. Das liegt zum einen an der komplexen zeitlichen und räumlichen Organisation, aber vor allem an der eigenwilligen sprachlichen Gestaltung und der philosophischen Tiefe des Stücks.

Teilaufgabe 1: Hier sollen Sie die beiden Szenen „einordnen", d. h. Sie müssen **wie bei der Zusammenfassung in einer TV-Serie** („Was zuvor geschah...") angeben, welche Handlungselemente bekannt sein müssen, um die vorliegenden Szenen zu verstehen. Es kann auch sinnvoll sein vorauszuschauen, also kurz zu skizzieren, welche Folgen die jeweilige Szene nach sich zieht.

Teilaufgabe 2: Im Anschluss sollen Sie die beiden Szenen „interpretieren", also **inhaltliche, sprachlich-stilistische und formale Aspekte** der beiden Textstellen herausarbeiten und zu einer schlüssigen Deutung zusammenfügen. Laut der Aufgabenstellung sollen Sie u. a. die Sprache der Figuren genauer in den Blick nehmen: Finden Sie also **Stilmittel, sprachliche Auffälligkeiten und syntaktische Merkmale** und beschreiben Sie jeweils ihre Wirkung und Funktion. Diese sprachliche Analyse wird Ihnen auch beim zweiten vorgegebenen Aspekt helfen: die **Charakterisierung von Jan und Jennifer** zu untersuchen. Beachten Sie hier auch den genauen Gesprächsverlauf und die Regieangaben, um die Charaktere und ihre Handlungsmotive zu beleuchten. Beim Aspekt **Symbolik der Orte** sollten Sie bedenken, dass Orte in literarischen Texten nicht nur der Einbettung der Geschichte dienen. Sie sind nicht zufällig gewählt, sondern haben immer eine Bedeutung.
Der Operator „vergleichen" verlangt schließlich von Ihnen, **Gemeinsamkeiten und Unterschiede zwischen beiden Szenen** zu finden und diese schlüssig darzulegen. Beachten Sie auch hier die für den Vergleich vorgegebenen Kriterien (Sprache und Charakterisierung der Figuren, Symbolik der Orte). Was ändert sich von der ersten vorgelegten Szene zur zweiten? Was bleibt gleich? Halten Sie die Ergebnisse Ihres Vergleichs in einem **Fazit** fest.

Mögliche Fragen als Übergang zum Prüfungsgespräch:

- Beurteilen Sie, wie der gute Gott zur Liebesbeziehung zwischen Jan und Jennifer steht.
- Ihnen wurden Textauszüge aus Bachmanns Hörspiel „Der gute Gott von Manhattan" vorgelegt. Inwiefern müsste sich Ihre Interpretation erweitern, wäre Ihnen eine der fünf Hörspieladaptionen der beiden Szenen vorgespielt worden?
- Sie haben in Ihrem Vortrag die Komplexität der Liebesbeziehung der beiden Protagonisten herausgearbeitet. Vergleichen Sie diese Konstellation mit einer von Ihnen gewählten weiteren literarischen Liebesbeziehung.

Einleitung:

Auf den ersten Blick macht es Ingeborg Bachmann dem Hörer bzw. Leser in ihrem 1958 ausgestrahlten Hörspiel „Der gute Gott von Manhattan“ einfach. Schließlich kombiniert sie darin **zwei literarische Gattungen**, die jeder aus Filmen kennt. Ihr Stück besteht nämlich einerseits aus einem **Verhör** zwischen einem Richter und einer Person, die der gute Gott von Manhattan genannt wird. Schnell wird klar, dass der Verhörte viele Bombenanschläge verübt hat, auch auf eine junge Amerikanerin und einen jungen Deutschen, Jennifer und Jan. Sie wurde getötet, er konnte sich retten. Neben diesem Krimi gestaltet das Hörspiel andererseits die **Liebesgeschichte dieser beiden Opfer**, die vor Gericht in Rückblenden erzählt wird. Der Rezipient konzentriert sich also zum einen darauf, warum der Angeklagte gemordet hat, und zum anderen darauf, warum sich das Paar verliebt hat.

Mischung aus Gerichtskrimi und Liebesgeschichte

Teilaufgabe 1: Einordnung der beiden Szenen

Die erste vorliegende Szene M 1 ist die insgesamt dritte des Hörspiels. In der Gerichtsszene zu Beginn, die als Exposition und Rahmenhandlung dient, stellt sich der gute Gott widerwillig dem Richter vor und gibt seinen **Anschlag auf das Liebespaar** zu. Darauf folgt eine Rückblende, die den Großteil des Hörspiels ausmacht: die Liebesgeschichte zwischen Jan und Jennifer. Sie haben sich das erste Mal auf einer Tanzveranstaltung in Boston gesehen, dort aber nicht miteinander gesprochen. Der vorgelegte Auftritt beginnt, nachdem sich beide **am Bahnhof in New York wiedergesehen** haben, den ersten Abend miteinander in einer Bar verbracht und schließlich mitten in der Nacht das **Zimmer eines Stundenhotels** angemietet haben.

Szene M 1

Die zweite vorliegende Szene M 2 liegt dagegen im letzten Drittel des Dramas. Jan und Jennifer sind sich zwischenzeitlich immer nähergekommen, haben **mehrere Tage und Nächte miteinander verbracht** und dabei Räume im Atlantic-Hotel in immer höheren Etagen belegt. Nun sind sie im obersten, im 57. Stock angekommen und **schwören sich ihre Liebe**, nachdem sich Jan lange gegen jedes Liebesversprechen gesträubt hat. Der erboste gute Gott bezeichnet diese Szene dann im Gerichtsverfahren als **„Grenzübertritt“** hin zu einem „anderen Zustand“ (S. 79), der den **Bombenanschlag** auf die beiden gerechtfertigt habe. Dieser erfolgt bald darauf, während Jan in einer Bar für kurze Zeit Abstand von Jennifer gewinnen will.

Szene M 2

Teilaufgabe 2: Interpretation und Vergleich der Szenen

„Sie gehen, ohne zu sprechen“ (Z. 2), heißt es in der ersten Szene, bevor einer der beiden das Wort ergreift. **Jans autoritärer Imperativ** zum Auftakt (vgl. Z. 5) ist als **Form sprachlicher Gewalt** zu verstehen und als Hinweis auf die spätere, in der Szene angedeutete Vergewaltigung. Bereits wenn er als erste Handlung die Zimmertür hinter sich absperrt (vgl. Z. 2 f.), wirkt das brutal. Jennifer beschwert sich über den Zustand des Zimmers, sie findet den Raum „schmutzig von feuchter Zuckerluft" und spricht vorwurfsvoll von einem „Sirup in der Luft" (Z. 11 f.). Damit bezieht sie sich auf den billigen Charme dieser **Absteige**.

Interpretation der Szene M 1:

Dazu passt, dass die beiden sich vorher in einer „Nachtbar" vergnügten und nun in ein „Stundenhotel" eingemietet haben. In solchen Etablissements trafen damals Prostituierte auf ihre Freier, Jennifer selbst nennt ihr Zimmer „schmutzig und finster" (Z. 10). Das Stundenhotel spielt aber auch auf die **Kurzfristigkeit ihrer Beziehung** zu diesem Zeitpunkt an. Jan ignoriert Jennifers Klage, ja missversteht die von ihr kritisierte Süßlichkeit bewusst, indem er seinerseits Jennifer „süß" (Z. 13) nennt. Wenn Jan ihr im Folgenden befiehlt, die Augen zu schließen, gibt er zu erkennen, dass er **weder an einem Gespräch noch an Blickkontakt mit Jennifer interessiert** ist.

Symbolik des Ortes „Stundenhotel"

Dass er sich im nächsten Moment über seine Verwendung des Adjektivs „süß" wundert, geschieht „mit einer nur geringen Ironie" (Z. 14), heißt es in der Regieangabe. Auf diese Weise **spielt er mit Jennifers Gefühlen**. Diese ergibt sich zuerst „zitternd" (Z. 15), dann „tonlos" (Z. 18) und schließlich „unter Tränen" (Z. 28) in ihr Schicksal, was ihre **zunehmende emotionale Ohnmacht** und ihre **Hilflosigkeit** zum Ausdruck bringt. Jan gibt zu, Jennifer unmittelbar zuvor Schmerzen zugefügt zu haben – und verteidigt sich damit, sie selbst hätte ihn dazu aufgefordert (vgl. Z. 8).

Jans Sprache und Verhalten

Zu Jans sprachlichen Machtmitteln gehören aber auch **seine suggestiven rhetorischen Fragen** oder seine apodiktischen, **im Futur formulierten Erwartungen:** „Musik […] wirst du keine hören", „ich werde es nicht dulden" (Z. 26 f.). Und so fürchtet sich Jennifer vor **Jans Zynismus**, mit dem er ihr Kühle vorwirft und höhnt, er werde sie „mit Schnee überschütten" (Z. 19), bis sie nicht nur „weinerlich" ist (Z. 6), sondern wirklich zu weinen beginnt (vgl. Z. 28). Dabei stützt sich Jan auf Phrasen und Banalitäten wie „Man denkt nämlich nichts mehr dabei" (Z. 16), die erkennen lassen, wie wenig er eigentlich an Jennifer interessiert ist. Er entzieht sich in sprachlicher Hinsicht und **redet oft vage:** „Man weiß so wenig vorher. Auch nachher" (Z. 21 f.). Und wenn Jan Jennifer „[m]eine liebe Jennifer" (Z. 26) nennt, dann klingt das angesichts von Jans anderen Aussagen eher **ironisch-herablassend** und so, als würde er Jennifer als seine Beute ansehen.

Jans Brutalität und Zynismus

fehlendes Interesse an Jennifer

Beim Verhältnis der beiden muss man auch beachten, dass **Jennifer sich Jan masochistisch zu unterwerfen scheint**, wenn sie etwa anbietet, das Licht auszuschalten (vgl. Z. 18), oder wenn sie Jan zuerst

Jennifers Unterwerfungshaltung

küsst (vgl. Z. 30). An anderer Stelle bemüht sie sich, ihre **Situation zu ignorieren und Jan abzulenken:** So sucht sie ausgerechnet im seichten Nachtprogramm des Radios Rettung (vgl. Z. 23 f.). Jennifer wehrt **Jans Übergriffe** zunächst auch nur schwach ab, am Ende scheint sie sich ins Unvermeidliche zu fügen.

Andeutung einer Vergewaltigung

Bevor diese Szene im Schweigen endet, setzt „leise" (Z. 26 f.) **Musik** ein, obwohl Jan keine hören will. Schließlich schwillt diese weiter an – und plötzlich wieder ab (vgl. Z. 31). Dass diese **Regieangabe** eine Vergewaltigung zum Ausdruck bringen soll, diese Deutung deckt sich mit dem hier nicht abgedruckten zweiten Teil der Szene: Darin entschuldigt sich Jan „gequält" bei der entblößten Jennifer (vgl. S. 29 f.). Ihre Reaktion macht fühlbar, wie tief sie zuvor verletzt worden ist. Man könnte sagen, die zunächst lauter und dann abrupt leiser werdende **Musik verdeutlicht den überfallartigen Charakter eines sexuellen Übergriffs**.

keine Liebe zwischen Jan und Jennifer

Ein Liebespaar sind Jennifer und Jan in der ersten Szene also gerade nicht. Selbst der gute Gott, Feind aller Liebesbeziehungen, hat gegen sie zu diesem Zeitpunkt **noch keine Vorbehalte**. Der Richter verharmlost ihre Geschichte verlegen als **„kleines Abenteuer"** (S. 31) eines jungen Mannes.

Interpretation der Szene M 2 und Vergleich:

In der zweiten Szene M 2 hat sich die **Beziehung der beiden** dagegen **grundlegend gewandelt**. Sie kommt ohne jede entlarvende Regieangabe aus und Jan antwortet auf Jennifers Fragen plötzlich in langen Kaskaden. Jan wendet seine frühere Abscheu nun ganz gegen die „verformelt[e]" (Z. 3) Welt da draußen, die dem Paar im Weg stehe. Seine Befehle haben sich in ein **flehentliches Bitten** verwandelt (vgl. Z. 22). Vor allem geht er diesmal auf Jennifers Impulse ein, was durch die Kausal- oder Temporaladverbien markiert wird, die seine Redebeiträge eröffnen (vgl. Z. 3, 10). Nun ist es Jennifer, die **Utopien** entwirft: „Ich werde nicht mehr schlafen. Dich nicht mehr lassen" (Z. 23). Und diesen Wünschen schließt sich ihr Partner Jan jetzt an („So komm", Z. 24).

Wandel in Jans Sprache und Verhalten

Bedeutung des Ortes Atlantic Hotel

Dieser **Wandel** im Verhältnis zwischen Jan und Jennifer wird **durch die veränderte Szenerie symbolisiert:** Das „Stundenhotel" zu ebener Erde ist dem „Hotel Atlantic, oberster Stock" gewichen. Jans und Jennifers Beziehung ist buchstäblich ins Ozeanische gewachsen. Der Atlantik verbindet auch den aus Europa stammenden Jan mit der US-Amerikanerin Jennifer. Diese **metaphorische Erhöhung** wird vom Richter, vom guten Gott und den Eichhörnchen auch immer wieder thematisiert. Wenn Jan und Jennifer im 57. Stockwerk gemeinsam gewissermaßen an den Wolken kratzen, wird dieser **Gestus als überheblich empfunden** – zumindest vom guten Gott.

Einwände des guten Gottes

Während Jennifer in der ersten Szene noch die Zeit anzuhalten versucht, um sich vor dem Unvermeidlichen zu retten, will sie nun mit Jan eine „Gegenzeit“ (Z. 24) entwerfen und die **gemeinsame Zeit verlängern:** „So wenig Zeit. Viel zu wenig Zeit“ (Z. 9), seufzt sie. Jan reagiert darauf, indem nun er versucht Jennifer abzulenken, die einzuschlafen droht (vgl. Z. 21 f.). Wie sehr beide in der Gegenwart leben wollen, zeigt der Umstand, dass die Szene ausgerechnet mit dem Verb „beginnen“ (vgl. Z. 24) abgeschlossen wird.

Wunsch nach gemeinsamer Zeit

Die Kühle der ersten Szene ist einer hitzigen Leidenschaft gewichen, der anfängliche Schnee ist zur „Flammenschrift“ (Z. 20 f.) der Liebe geworden. Die Szene endet mit einem **pathetisch übertriebenen Bekenntnis Jans:** „Ich bin mit dir und gegen alles“ (Z. 24). Mit Neologismen wie „Gegenzeit“ (Z. 24) oder „Nimmermehrtag“ (Z. 11) versucht er, ihren exklusiven Liebesbund zu beglaubigen. Dieses Ende malt er in einem wirkungsmächtigen Memento mori aus, in dem er sich **Jennifer als bereits tote Geliebte** vorstellt (vgl. Z. 10 ff.). Ein gemeinsamer Liebestod (vgl. Z. 15) scheint wünschenswerter als die bevorstehende Trennung. Bemerkenswert ist dabei die **vorausgreifende Dimension von Jans Schwüren**, in einer Szene, die unmittelbar vor dem Bombenanschlag der Eichhörnchen liegt. Und dieser Anschlag wird Jennifer – ohne dass Jan das wissen kann – ja tatsächlich töten.

Liebe zwischen Jan und Jennifer

Vorausdeutung auf Tod

Dass Jan in seiner Rede den Tod feiert, passt zu den großen Liebespaaren, die die Eichhörnchen im Theater vorher aufgerufen haben. Er kämpft dabei **gegen die konventionellen Grenzen der Sprache**, indem er in **Chiffren** spricht, die von Außenstehenden kaum mehr aufzulösen sind („das Nichts, das du sein wirst, durchwalten mit meiner Nichtigkeit“, Z. 13 f.).

rätselhafte Sprache

Doch anders als bei Jans Ausflüchten in der ersten Szene ist **Jennifer jetzt in seine Gedankenspiele mit eingeschlossen**. Einerseits setzt Jan nun sich selbst herab, das unterstreicht z. B. die Metapher vom verführerisch wirkenden „Labyrinth deiner Blicke“ (Z. 6). Andererseits **bleibt Jan selbstbezogen:** Elf Pronomen der ersten Person in der ersten Szene stehen immer noch neun Pronomen in der zweiten Szene gegenüber. Und doch münden die Ich-Pronomen am Ende der zweiten Szene zum ersten Mal in ein „wir“ (Z. 20).

Jans Glaube an Zusammengehörigkeit

Während **Jennifers Hingabe unverändert** bleibt, durchläuft Jan also eine Entwicklung: Er wechselt **vom Zynismus ins Pathos** und bekennt sich zu Jennifer. Die gefühlskalte Sexualität in der ersten Szene ist zu einer schicksalhaften Liebe geworden, die das Unmögliche beschwört und die Welt herausfordert.

Fazit

Thema des Vortrags Das Marmorbild

Aufgabenstellung

1 Beschreiben Sie die beiden Venus-Darstellungen.

2 Interpretieren Sie die vorgelegte Textstelle und legen Sie dar, welche Bedeutung die Figur der Venus im weiteren Handlungsverlauf für den Protagonisten Florio hat.

M 1, 2 Zwei Darstellungen der Venus

Botticelli, Sandro: Die Geburt der Venus (1485/86, Uffizien Florenz), https://commons.wikimedia.org/wiki/File:Sandro_Botticelli_-_La_nascita_di_Venere_-_Google_Art_Project_-_edited.jpg

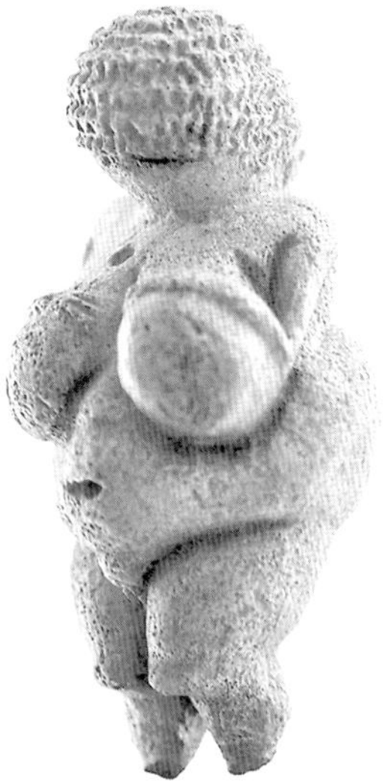

Venus von Willendorf: Figurine von unbekanntem Künstler, Größe: 11cm, ca. 27 000 v. Chr., entdeckt 1908, Naturhistorisches Museum Wien; (Bildquelle: Matthias Kabel: Venus von Willendorf, CC BY 2.5, https://commons.wikimedia.org/wiki/File:Venus_von_Willendorf_01.jpg)

M 3 Joseph von Eichendorff: Das Marmorbild (1818)

[...] Er mußte über sich selber lachen, da er am Ende nicht wußte, wem er das Ständchen brachte. Denn die reizende Kleine mit dem Blumenkranze war es lange nicht mehr, die er eigentlich meinte. Die Musik bei den Zelten, den Traum auf seinem Zimmer und sein, die Klänge und den Traum und die zierliche Erscheinung des Mädchens nachträumendes Herz hatte ihr Bild unmerklich und wundersam verwandelt in ein viel schöneres, größeres und herrlicheres, wie er es noch nirgend gesehen.

So in Gedanken schritt er noch lange fort, als er unerwartet bei einem großen, von hohen Bäumen rings umgebenen Weiher anlangte. Der Mond, der eben über die Wipfel trat, beleuchtete scharf ein marmornes Venusbild, das dort dicht am Ufer auf einem Steine stand, als wäre die Göttin soeben erst aus den Wellen aufgetaucht, und betrachte nun, selber verzaubert, das Bild der eigenen Schönheit, das der trunkene Wasserspiegel zwischen den leise aus dem Grunde aufblühenden Sternen widerstrahlte. Einige Schwäne beschrieben still ihre einförmigen Kreise um das Bild, ein leises Rauschen ging durch die Bäume ringsumher.

Florio stand wie eingewurzelt im Schauen, denn ihm kam jenes Bild wie eine langgesuchte, nun plötzlich erkannte Geliebte vor, wie eine Wunderblume, aus der Frühlingsdämmerung und träumerischen Stille seiner frühesten Jugend heraufgewachsen. Je länger er hinsah, je mehr schien es ihm, als schlüge es die seelenvollen Augen langsam auf, als wollten sich die Lippen bewegen zum Gruße, als blühe Leben wie ein lieblicher Gesang erwärmend durch die schönen Glieder herauf. Er hielt die Augen lange geschlossen vor Blendung, Wehmut und Entzücken. –

Als er wieder aufblickte, schien auf einmal alles wie verwandelt. Der Mond sah seltsam zwischen Wolken hervor, ein stärkerer Wind kräuselte den Weiher in trübe Wellen, das Venusbild, so fürchterlich weiß und regungslos, sah ihn fast schreckhaft mit den steinernen Augenhöhlen aus der grenzenlosen Stille an. Ein nie gefühltes Grausen überfiel da den Jüngling. Er verließ schnell den Ort, und immer schneller und ohne auszuruhen eilte er durch die Gärten und Weinberge wieder fort, der ruhigen Stadt zu; denn auch das Rauschen der Bäume kam ihm nun wie ein verständiges vernehmliches Geflüster vor, und die langen gespenstischen Pappeln schienen mit ihren weitgestreckten Schatten hinter ihm dreinzulangen.
So kam er sichtbar verstört in der Herberge an. Da lag der Schlafende noch auf der Schwelle und fuhr erschrocken auf, als Florio an ihm vorüberstreifte. Florio aber schlug schnell die Türe hinter sich zu und atmete erst tief auf, als er oben sein Zimmer betrat. Hier ging er noch lange auf und nieder, ehe er sich beruhigte. Dann warf er sich aufs Bett und schlummerte endlich unter den seltsamsten Träumen ein. […]

Quelle: Joseph von Eichendorff: Das Marmorbild, Reclam 1987 (Universalbibliothek 2365), S. 16–18.

Lösungsvorschlag

TIPP *Bearbeitungshinweise*

Teilaufgabe 1: Der Operator „beschreiben“ setzt voraus, dass Sie das Gemälde und die Statue zunächst genau betrachten. Beantworten Sie dann u. a. folgende Fragen: Welche **Bildelemente** sind auf dem Gemälde vorhanden (z. B. Personen, Umgebung, Gegenstände, Symbole)? Wie ist der **Bildaufbau** gestaltet (Vorder-, Mittel-, Hintergrund; oben, unten; links, rechts)? Wie wirkt die Figur in der Mitte? Wie ist die Statue beschaffen? Welche Größe, welche Proportionen hat die Figur? Wie wirkt sie auf den Betrachter? Welche **Unterschiede und Gemeinsamkeiten** gibt es zwischen den beiden Kunstwerken? Berücksichtigen Sie auch die **Entstehungszeiten** der Kunstwerke.
Beachten Sie, dass der Schwerpunkt der Prüfung auf Teilaufgabe 2 liegt.

Teilaufgabe 2: Hier wird die Interpretation einer Textstelle verlangt, bei der Sie außerdem die **Bedeutung der Venus-Figur für den Protagonisten Florio** über die Textstelle hinaus darlegen sollen. Klären Sie deshalb zuallererst, wo der zu interpretierende Ausschnitt in der Novelle steht. Machen Sie sich nicht nur den **Kontext** klar – Was passiert direkt vor und nach der Textstelle? –, sondern suchen Sie auch weitere Passagen, in denen Florio der Venus begegnet.
Mit der Beantwortung der bekannten W-Fragen können Sie in die **Textanalyse** einsteigen: **Wer** kommt in diesem Ausschnitt vor? **Was** geschieht? **Wo** spielt das Geschehen? **Wann** findet das Geschehen statt? **Warum** kommt es dazu? (Handlungsführung, psychologische Aspekte) **Wie** ist die Textstelle gestaltet? (Erzähler, Erzählperspektive, Gliederung, sprachlich-formale Auffälligkeiten) **Wozu** ist die Textstelle so gestaltet? (Intention, Epochenhintergrund).
Ihre Antworten auf diese W-Fragen können Sie in einer **Interpretationshypothese** bündeln, die Sie in Ihrem Vortrag überprüfen. Sie könnten dabei z. B. folgende Aspekte aufgreifen: erste Liebe, Eros, Adoleszenz / Erwachsenwerden, Verwirrung der Sinne, Traum und Fantasie vs. Realität, Projektion von Wünschen.

Wenn Sie den ersten Satz Ihres Vortrags ausformulieren und auf Ihren Stichpunktzettel schreiben, kann beim Einstieg in Ihre Prüfung nichts mehr schiefgehen.

Mögliche Fragen als Überleitung zum Prüfungsgespräch:

- Sie haben in Ihrem Vortrag gezeigt, dass Florio zwischen zwei Frauenfiguren steht. Beschreiben Sie knapp, wie die Konstellation der männlichen Figuren aussieht.
- Florio ist nicht der einzige romantische Held, der sich in Fantasie- und Traumwelten zurückzieht. Erläutern Sie, gerne auch an Beispielen, wieso dieses Motiv in der Romantik eine so große Rolle spielt.

Nackte Frauen kommen im Deutschunterricht eher selten vor … In dieser Aufgabe sind es sogar zwei, die ich im Folgenden beschreiben will – zuerst „Die Geburt der Venus“, ein Gemälde von Sandro Botticelli. Der Renaissance-Maler wählte kein christliches Thema, wie das im Mittelalter üblich war, sondern ein heidnisches Motiv aus der klassischen Mythologie: **Venus, die römische Göttin der Liebe und der Schönheit**, Aphrodite bei den Griechen, kommt nach ihrer Geburt aus dem Schaum des Meeres an Land.

Teilaufgabe 1: Beschreibung der beiden Kunstwerke

Im Mittelpunkt des Bildes steht sie nackt auf einer **Muschel am Meeresrand**. Links von ihr sieht man zwei halb nackte Personen mit Flügeln, die einen Regen aus Blumen ans Ufer treiben. Rechts wartet eine Frau mit einem weitem Umhang. Ebenso wie das Kleid dieser Frau ist der Umhang mit Frühlingsblumen bestickt, passend zum Thema Geburt. Als Göttin der Liebe bewirkt Venus nämlich, dass Mann und Frau sich fortpflanzen.

Botticellis „Die Geburt der Venus“

Botticellis Venus ist bildschön! Ihre Haut ist hell, ihre Figur eher schlank, der Bauch ein wenig gerundet, das lange Haar umgibt das ebenmäßige, nach links geneigte Gesicht. Fast noch anmutiger wirkt sie durch kleine „Schönheitsfehler“, etwa den unnatürlich langen Hals und den seltsam herabhängenden linken Arm. Trotz ihrer Nacktheit wirkt Venus jedoch **nicht aufreizend, sondern eher zart und empfindsam**. Das liegt auch daran, dass sie Brust und Intimbereich mit den Händen und Haaren bedeckt, als schäme sie sich, diese weiblichen Geschlechtsmerkmale zu zeigen.

Schönheit von Botticellis Venus

Um ein ganz anderes Kunstwerk handelt es sich bei der Venus von Willendorf. Die **kleine Skulptur** ist vor fast 30.000 Jahren von einem unbekannten Künstler geschaffen worden. Ihr Kopf ist groß und gesichtslos, die Arme sind dünn, Füße fehlen ganz. Auch diese Venus ist nackt. Aber sie ist nicht jung, sondern eine **reife Frau** mit stark ausladendem Becken, vorgewölbtem Bauch und üppigen Brüsten. Als Schönheit würde man sie weder heute noch zu Botticellis Zeiten bezeichnen. Dem Künstler kommt es wohl auf etwas anderes an: Er hat die weiblichen **Geschlechtsmerkmale nicht versteckt, sondern überproportional herausgearbeitet**. Damit werden Merkmale betont, die Sexualität, Fortpflanzung und **Fruchtbarkeit symbolisieren** könnten.

Die Venus von Willendorf

Proportionen der Statue

Auch der romantische Dichter **Joseph von Eichendorff** hat in der Novelle „Das Marmorbild“ von 1818 eine Venus-Figur geschaffen. Sie treibt die Handlung auf mehreren Ebenen voran, wie ich im Folgenden zeigen will.

Teilaufgabe 2: Überleitung

Florio ist die Hauptfigur der Novelle. Im Frühling, der Jahreszeit der Venus, unternimmt der poetisch veranlagte junge Mann eine **Reise durch Italien**, wo er vor der Stadt **Lucca** den bekannten Sänger **Fortunato** trifft. Auf einem Fest lernt er ein Mädchen kennen und verliebt sich zum ersten Mal. Bevor aus den beiden ein Paar werden kann, muss sich Florio aber erst **mit seiner erwachenden Sexualität auseinandersetzen**. Venus spielt dabei eine entscheidende Rolle.

kurzer Handlungsüberblick zu „Das Marmorbild“

In der vorliegenden Textstelle tritt Venus zum ersten Mal auf. Nach einem ereignisreichen Tag und einem verwirrenden Albtraum verlässt Florio nachts seine Herberge und geht mit einer Gitarre in die Weinberge. Dort singt er ein **Lied über die Liebe zu einem unbekannten Mädchen**. Ob es Bianca, das Mädchen vom Fest, ist, weiß er jedoch selbst nicht. Mit dieser verwirrenden Erkenntnis beginnt auch der Textauszug: „Er mußte über sich selber lachen, da er am Ende nicht wußte, wem er das Ständchen brachte.“ (Z. 1 f.) In solche Gedanken versunken, wandert Florio weiter durch die Nacht, bis er an einen Weiher gelangt. Dort erblickt er ein **marmornes Venusbild,** das ihn zunächst bezaubert (vgl. Z. 9 ff.), dann jedoch mit Grausen erfüllt (vgl. Z. 25 f.).

Geschehen unmittelbar vor der Textstelle

Das lässt sich mit ein wenig Psychologie erklären: Durch ein ganz normales, nettes, unschuldiges Mädchen – darauf verweist ihr Name, Bianca, die Weiße – sind **Florios sexuelle Triebe geweckt** worden. Ganz unter diesem Einfluss entwickelt er beim Anblick der marmornen Venus ein **unrealistisches Idealbild von weiblicher Schönheit und erotischer Lust**. Schon bevor Florio das Marmorbild erblickt, hat die Fantasie die Regie über seine Wahrnehmung übernommen. Denn unter dem Eindruck von Musik und Traum hat sein „Herz“ das „Bild [des Mädchens vom Fest] unmerklich und wundersam verwandelt in ein viel schöneres, größeres und herrlicheres, wie er es noch nirgend gesehen“ (Z. 5 f.).

psychologische Deutung

Herrschaft der Fantasie

Florio überhöht das Mädchen, in das er sich verliebt hat, und steigert sich in ein Ideal hinein, dem die Wirklichkeit gar nicht entsprechen kann. Der Erzähler hebt dies auch sprachlich hervor: Die drei **Adjektive im Komparativ** „schöneres, größeres und herrlicheres“, die durch das Adverb „viel“ verstärkt werden, und die Adverbiale „unmerklich und wundersam“ verdeutlichen den irrealen, dem Bewusstsein nicht zugänglichen Charakter von Florios Erlebnis.

Florios Verharren in einer Wunschvorstellung

Florio entdeckt die **Venus-Statue inmitten einer idyllischen Szenerie**, die mit Merkmalen einer romantischen Landschaft ausgestattet ist: hohe rauschende Bäume, die einen Weiher umgeben, Mond und Sterne, und sogar Schwäne (vgl. Z. 8 ff.). Florios Stimmung spiegelt sich in dieser geheimnisvoll wirkenden Natur wider.

typisch romantisch gestaltete Natur

Als er das Standbild der Venus entdeckt, wird es vom Mond „scharf beleuchtet" (vgl. Z. 9). Er müsste in diesem Licht eigentlich die Beschaffenheit des Kunstwerks genau erkennen können, z. B. Art und Farbe des Marmors, Größe, Proportionen, Ausgestaltung der Figur, des Gesichts u. Ä. Aber all das entgeht Florio oder es ist ihm nicht wichtig. Ihm kommt **das steinerne Bild wie ein lebendiges Wesen** vor, es ist ihm, „als wäre die Göttin soeben erst aus den Wellen aufgetaucht" (Z. 10). Das erinnert an das **Gemälde von Botticelli**, das der kunstinteressierte Eichendorff wahrscheinlich auch gekannt hat.

in Florios Augen: Venus-Statue als lebende Person

Im **Konjunktiv**, dem Modus des Wünschens, spinnt Florio seine Fantasien weiter und **projiziert seine eigene Verzauberung auf diese Venus**. So meint er, sie „betrachte nun, selber verzaubert, das Bild der eigenen Schönheit, das der trunkene Wasserspiegel [...] widerstrahlte" (Z. 10 ff.).

Konjunktiv: Hinweis auf Florios Imagination

Florios Faszination steigert sich im nächsten Abschnitt noch. „[W]ie eingewurzelt im Schauen" (Z. 15) steht er erstarrt vor dem Standbild. „Schauen" meint hier aber nicht, dass er die Außenwelt beobachtet. **Sein Blick wendet sich nach innen**, weg von der Gegenwart, zurück in die Vergangenheit: Er sieht in der Venus eine **lange gesuchte Geliebte,** die ihm wie eine „Wunderblume" aus der „Frühlingsdämmerung" seiner „frühesten Jugend" (Z. 16 f.) heraufgewachsen sei. Dieses Traumbild fantasiert er bis ins Detail aus: Er nimmt wahr, wie die Venus „seelenvoll[e] Augen" (Z. 18) aufschlägt, wie sich ihre Lippen zum Gruß formen, wie warmes Leben durch Venus' Glieder strömt (vgl. Z. 19 f.). Salopp gesagt: Venus macht ihn mächtig an! Für den unerfahrenen Florio ist so viel **erotische Ausstrahlung** nicht nur beglückend, sondern sie macht ihm auch **Angst**. Deshalb muss er die Augen schließen, „vor Blendung, Wehmut und Entzücken" (Z. 21).

Venus als Projektion der inneren Wünsche

Florio im Bann von Venus' Schönheit

Für Florio stellt sich **nach der grenzenlosen Euphorie ein Stimmungswechsel** ein, der sowohl die Natur als auch Florios Gefühlswelt erfasst. Als er die Augen wieder öffnet, kommen ihm die Naturerscheinungen wie „verwandelt" (Z. 22) vor, nicht mehr idyllisch, eher **abweisend und bedrohlich**. Und das gerade noch so lebendige Venusbild ist plötzlich „fürchterlich weiß und regungslos" (Z. 24) und sieht ihn mit „steinernen Augenhöhlen" (Z. 24 f.) an.

Wendepunkt in der Handlung

Alles Lebendige, das er im Marmorbild gesehen hat, ist erstarrt. Florio wird die **Doppelgesichtigkeit der Göttin Venus** bewusst. An Leib und Seele erlebt er, dass sie **Faszination und Schrecken** erwecken kann, für Geburt und Tod steht. Zum ersten Mal erfährt der junge Mann die **Gewalt des Eros**, der nicht nur höchste Lust erzeugt, sondern auch höchst gefährlich ist. So könnte man es interpretieren, dass Florio ein „nie gefühltes Grausen" (Z. 25) überfällt.

Gefährlichkeit der verführerischen Venus

Begleitet vom Rauschen der Bäume, das ihm wie ein „verständiges vernehmliches Geflüster“ (Z. 28) vorkommt, verfolgt von den „gespenstischen Pappeln“ (Z. 29), die „hinter ihm dreinzulangen“ (Z. 30) scheinen, verlässt er den Ort. **Nicht nur das Marmorbild, auch die Natur wird personifiziert.** Florio kommt schließlich „sichtbar verstört“ (Z. 31) in der Herberge an. Nur langsam beruhigt er sich und schläft „endlich unter den seltsamsten Träumen ein“ (Z. 35).

Florios Flucht zurück in die Herberge

Dieses nächtliche Erlebnis mit Venus hat Florio auch am nächsten Morgen nicht vergessen. Dreimal wird er ihr im Verlauf der Novellenhandlung noch begegnen: Schon am selben Tag sieht er **im Park** eine lautenspielende Dame, in der er die Züge des Marmorbilds wiedererkennt und die seine Sehnsucht erneut weckt (vgl. S. 36 ff.). **Auf einem Maskenball** tritt die schöne Dame – genauso wie Bianca – im Kostüm einer Griechin auf (vgl. S. 41). Das verwirrt Florio und steigert seine erotische Lust nochmals. **In ihrem Marmorpalast** versucht die Dame schließlich, Florio zu verführen (vgl. S. 46).

Florios weitere Begegnungen mit Venus

Aber durch ein **„altes, frommes Lied“** (vgl. S. 46) Fortunatos wird Florio an seine christlich geprägte Kindheit erinnert und erliegt ihren Verführungskünsten nicht. Der Zauber, der die schöne Dame umgibt, kippt erneut in Grauen um, sie selbst **verfällt in Todesstarre**.

Florio widersteht der Versuchung

Florios Geschichte hat ein **Happy End:** Nach einem Moment der Todessehnsucht finden er und Bianca zusammen und erkennen ihre gegenseitige Liebe (vgl. S. 47 f.). Fortunatos Lied enthält die zentrale Botschaft des katholischen Romantikers Eichendorff: Venus, die heidnische Verführerin, wird von der Gottesmutter Maria besiegt. Nicht erotische Verführung, sondern **Gottvertrauen und Treue sind die Basis für die Liebe** zwischen Mann und Frau (vgl. S. 44 ff.).

Liebe zwischen Florio und Bianca nach christlichem Konzept

Zum Schluss möchte ich noch einmal auf die beiden Venusbilder zurückkommen. Wie auf dem Gemälde von Botticelli tritt auch die Venus bei Eichendorff im **Frühling** auf, wenn in der Natur das Leben wieder erwacht. Botticellis Venus bezieht ihren Zauber aus ihrer schönen Gestalt, auf ihre **Rolle als Fruchtbarkeitsgöttin** weist ihre Umgebung hin. Die Venus-Statue in der Novelle hingegen hat eine **stark erotische Ausstrahlung**. Sie beruht allerdings auf den Wunschvorstellungen und Fantasien Florios. Die Venus von Willendorf kann Eichendorff nicht gekannt haben, denn sie wurde **erst 1908 gefunden**. Aber auch sie stellt Aspekte von Liebe dar, die in der Novelle eine Rolle spielen. Vielleicht kann man sie als eine Art Komplementärfigur deuten, und zwar zur erotisierenden Venus und zur keuschen Jungfrau Maria. In diesem Sinne könnte sie für eine Sexualität stehen, in der Sinnlichkeit, Fortpflanzung und Liebe zusammenfinden.

Schluss: Rückbezug zu Teilaufgabe 1

Thema des Vortrags Mario und der Zauberer

Aufgabenstellung

1 Ordnen Sie den Textauszug in den Kontext der vorangehenden Handlung ein.

2 Interpretieren Sie den Textausschnitt. Erläutern Sie dabei, welches Bild der Erzähler hier von Italien und der italienischen Bevölkerung entwirft.

3 Prüfen Sie, inwieweit sich aus Sicht des Erzählers die von ihm konstatierte „öffentliche Stimmung“ im weiteren Handlungsverlauf bestätigt.

M Thomas Mann: Mario und der Zauberer

[…] Die Hitze war unmäßig, soll ich das anführen? Sie war afrikanisch: die Schreckensherrschaft der Sonne, sobald man sich vom Saum der indigoblauen Frische löste, von einer Unerbittlichkeit, die die wenigen Schritte vom Strande zum Mittagstisch, selbst im bloßen Pyjama, zu einem im voraus beseufzten Unternehmen machte. Mögen Sie das? Mögen Sie es wochenlang? Gewiß, es ist der Süden, es ist klassisches Wetter, das Klima erblühender Menschheitskultur, die Sonne Homers und so weiter. Aber nach einer Weile, ich kann mir nicht helfen, werde ich leicht dahingebracht, es stumpfsinnig zu finden. Die glühende Leere des Himmels Tag für Tag fällt mir bald zur Last, die Grellheit der Farben, die ungeheure Naivität und Ungebrochenheit des Lichts erregt wohl festliche Gefühle, sie gewährt Sorglosigkeit und sichere Unabhängigkeit von Wetterlaunen und -rückschlägen; aber ohne daß man sich anfangs Rechenschaft davon gäbe, läßt sie tiefere, uneinfachere Bedürfnisse der nordischen Seele auf verödende Weise unbefriedigt und flößt auf die Dauer etwas wie Verachtung ein. Sie haben recht, ohne das dumme Geschichtchen mit dem Keuchhusten hätte ich es wohl nicht so empfunden; ich war gereizt, ich wollte es vielleicht empfinden und griff halb unbewußt ein bereitliegendes geistiges Motiv auf, um die Empfindung damit wenn nicht zu erzeugen, so doch zu legitimieren und zu verstärken. Aber rechnen Sie hier mit unserem bösen Willen, – was das Meer betrifft, den Vormittag im feinen Sande, verbracht vor seiner ewigen Herrlichkeit, so kann unmöglich dergleichen in Frage kommen, und doch war es so, daß wir uns, gegen alle Erfahrung, auch am Strande nicht wohl, nicht glücklich fühlten.

Zu früh, zu früh, er war, wie gesagt, noch in den Händen der inländischen Mittelklasse eines augenfällig erfreulichen Menschenschlages, auch da haben Sie recht, man sah unter der Jugend viel Wohlschaffenheit und gesunde Anmut, war aber unvermeidlich doch auch umringt von menschlicher Mediokrität und bürgerlichem Kroppzeug, das, geben Sie es zu, von dieser Zone geprägt nicht reizender ist als unter unserem Himmel. *Stimmen* haben diese Frauen –! Es wird zuweilen recht unwahrscheinlich, daß man sich in der Heimat der abendländischen Gesangskunst befindet. „Fuggièro!" Ich habe den Ruf noch heute im Ohr, da ich ihn zwanzig Vormittage lang hundertmal dicht neben mir erschallen hörte, in heiserer Ungedecktheit, gräßlich akzentuiert, mit grell offenem è, hervorgestoßen von einer Art mechanisch gewordener Verzweiflung. „Fuggièro! Rispondi al mèno!" Wobei das sp populärerweise nach deutscher Art wie schp gesprochen wurde – ein Ärgernis für sich, wenn sowieso üble Laune herrscht. Der Schrei galt einem abscheulichen Jungen mit ekelerregender Sonnenbrandwunde zwischen den Schultern, der an Widerspenstigkeit, Unart und Bosheit das Äußerste zum besten gab, was mir vorgekommen, und außerdem ein großer Feigling war, imstande, durch seine empörende Wehleidigkeit den ganzen Strand in Aufruhr zu bringen. Eines Tages nämlich hatte ihn im Wasser ein Taschenkrebs in die Zehe gezwickt, und das antikische Heldenjammergeschrei, das er ob dieser winzigen Unannehmlichkeit erhob, war markerschütternd und rief den Eindruck eines schrecklichen Unglücksfalls hervor. Offenbar glaubte er sich aufs giftigste verletzt. Ans Land gekrochen, wälzte er sich in scheinbar unerträglichen Qualen umher, brüllte Ohi! und Oimè! und wehrte, mit Armen und Beinen um sich stoßend, die tragischen Beschwörungen seiner Mutter, den Zuspruch Fernerstehender ab. Die Szene hatte Zulauf von allen Seiten. Ein Arzt wurde herbeigeholt, es war derselbe, der unseren Keuchhusten so nüchtern beurteilt hatte, und wieder bewährte sich sein wissenschaftlicher Geradsinn. Gutmütig tröstend erklärte er den Fall für null und nichtig und empfahl einfach des Patienten Rückkehr ins Bad, zur Kühlung der kleinen Kniffwunde. Statt dessen aber wurde Fuggièro, wie ein Abgestürzter oder Ertrunkener, auf einer improvisierten Bahre mit großem Gefolge vom Strande getragen, – um schon am nächsten Morgen wieder, unter dem Scheine der Unabsichtlichkeit, anderen Kindern die Sandbauten zu zerstören. Mit einem Worte, ein Greuel.

Dabei gehörte dieser Zwölfjährige zu den Hauptträgern einer öffentlichen Stimmung, die, schwer greifbar in der Luft liegend, uns einen so lieben Aufenthalt als nicht geheuer verleiden wollte. Auf irgendeine Weise fehlte es der Atmosphäre an Unschuld, an Zwanglosigkeit; dies Publikum „hielt auf sich" – man wußte zunächst nicht recht, in welchem Sinn und Geist, es prästierte Würde, stellte voreinander und vor dem Fremden Ernst und Haltung, wach aufgerichtete Ehrliebe zur Schau –, wieso? Man verstand bald, daß Politisches umging, die Idee der Nation im Spiele war. […]

Quelle: Thomas Mann: Mario und der Zauberer. Ein tragisches Reiseerlebnis. 33. Aufl. Fischer TB Frankfurt/M. 2013, S. 20–23.

Lösungsvorschlag

TIPP *Bearbeitungshinweise*

Teilaufgabe 1: Zunächst sollte der inhaltliche Kontext der vorliegenden Textstelle skizziert werden. Beschränken Sie sich dabei im Sinne der Aufgabenstellung auf **Begebenheiten aus der vorangehenden Handlung**. Wählen Sie dazu die Handlungsschritte und Themen aus, die **für das Verständnis der Textstelle notwendig** sind, und orientieren Sie sich dabei an den üblichen W-Fragen. Achten Sie auch auf Rückblenden in der Textstelle, die direkt auf die vorangegangene Handlung verweisen, wie etwa den Hinweis des Erzählers auf „das dumme **Geschichtchen mit dem Keuchhusten**". Es empfiehlt sich – im Sinne des inneren Zusammenhangs des Gesamtvortrags –, die Inhalte auch im Hinblick darauf hin auszuwählen, inwieweit sie für die Bearbeitung der Teilaufgaben 2 und 3 relevant sind, also das „Italien-Bild" und die „öffentliche Stimmung" betreffen.

Teilaufgabe 2: Diese Aufgabe verlangt von Ihnen eine Analyse und Interpretation des Textausschnitts unter dem Schwerpunkt des genannten Aspekts. Es empfiehlt sich, zu Beginn dieses Vortragsteils den Inhalt der Textstelle knapp zusammenzufassen und dabei auch eine **Gliederung in Sinnabschnitte** vorzunehmen. An dieser Gliederung können Sie dann Ihre folgenden Ausführungen orientieren. Achten Sie auch darauf, welche Teilaspekte des Themas **„Italien-Bild"** bzw. **„italienische Bevölkerung"** jeweils fokussiert werden (z. B. „Wetter" und „soziale Verhältnisse") und ob die äußere oder die innere Handlung im Vordergrund steht. Beziehen Sie in diesem Zusammenhang auch die **Erzählsituation** und **sprachliche Auffälligkeiten** ein.

Teilaufgabe 3: Im Rahmen dieser Teilaufgabe sollen Sie Ihre Ergebnisse aus der zweiten Teilaufgabe auf einen weiteren Kontext übertragen. Dazu sollen Sie diejenigen **Aspekte der nachfolgenden Handlung** auswählen, die die „öffentliche Stimmung" zum Thema haben. Hier ist sowohl an die weiteren **Ereignisse am Strand** (und deren Folgen) zu denken als auch an die für die Novelle so zentralen **Geschehnisse während der Aufführung Cipollas.**

Mögliche Fragen als Überleitung zum Prüfungsgespräch:

- Sie haben in Ihrem Vortrag den „Zauberkünstler" Cipolla angesprochen. Erläutern Sie genauer, wie er es schafft, dem Publikum seinen Willen aufzuzwingen.
- Welche Gegenreaktionen gibt es aufseiten des Erzählers und anderer Teile des Publikums? Wie beurteilen Sie diese vor dem Hintergrund der in der gesamten Novelle geschilderten „öffentlichen Stimmung"?

Der vorliegende Textauszug entstammt dem ersten Teil der Novelle, der die Ereignisse bis zur zentralen Begebenheit um den titelgebenden Zauberer Cippola behandelt. Darin werden die **Erfahrungen und Erlebnisse des Ich-Erzählers und seiner Familie** während ihres Ferienaufenthalts in dem fiktiven italienischen Küstenort Torre di Venere geschildert.

Teilaufgabe 1: Kontextualisierung des Textauszugs

Die Erzählung beginnt mit einer längeren **Beschreibung des Ortes**, verbunden mit Analysen und Reflexionen des Ich-Erzählers. Torre di Venere wird als Stadt charakterisiert, die zwar etwas abseits der großen touristischen Zentren liegt, aber dennoch von vielen besucht wird. Wie der Erzähler anmerkt, halten sich in Torre während der Hochsaison in den Sommermonaten **hauptsächlich Gäste aus dem italienischen Inland** auf. Alle weiteren Ereignisse der Erzählung haben gemeinsam, dass sich der Erzähler mit seiner Ehefrau und den beiden Kindern von ihren italienischen Gastgebern und den einheimischen Feriengästen **nicht willkommen geheißen** fühlen.

Urlaubsort Torre di Venere

mulmiges Gefühl der Familie

Anhand verschiedener Episoden werden **Erfahrungen der Ablehnung und Ausgrenzung** deutlich. Diese gipfeln darin, dass die Familie vom Manager des Hotels gezwungen wird, ihr Zimmer zu wechseln. Denn ein Kind des Erzählers hat Keuchhusten und italienische Gäste **fürchten sich ohne Grund vor einer Ansteckung.** Daraufhin zieht die Familie in eine nahe gelegene Pension um, in der sie sich wohler fühlt. Dennoch besteht das Unbehagen des Erzählers im Hinblick auf den Ort und seine Atmosphäre weiter fort. Im Zentrum des Textauszugs stehen seine **Beobachtungen und Reflexionen** im unmittelbaren Anschluss an den Wechsel der Unterkunft.

erzwungener Zimmerwechsel

Gedanken des Familienvaters

Der Textausschnitt lässt sich in **vier Sinnabschnitte** gliedern. Im ersten Teil (Z. 1–21) beschreibt der Erzähler die klimatischen Verhältnisse – vor allem die für ihn **unerträgliche Hitze** – während seines Ferienaufenthalts in Italien, die er mit einer **Analyse seines eigenen Unbehagens** verknüpft. Am Ende des Abschnitts legt er den Fokus auf seine vorwiegend ablehnenden Gefühle gegenüber dem Strand, wodurch eine Überleitung zum folgenden Sinnabschnitt (Z. 22–33) geschaffen wird.

Teilaufgabe 2: Interpretation

In diesem wird die vom Erzähler als unangenehm empfundene Stimmung am Strand im Hinblick auf das **Verhalten der „inländischen Mittelklasse"** (Z. 22) im Allgemeinen und einer italienischen Mutter mit ihrem Sohn im Besonderen beschrieben. Der dritte Sinnabschnitt (Z. 33–52) befasst sich mit einer Episode, in deren Mittelpunkt eben dieser **Junge** mit seinem aus Sicht des Erzählers **wehleidigen und theatralischen Verhalten** steht. Im letzten Sinnabschnitt

Ereignisse am Strand

(Z. 53–59) schließlich interpretiert der Erzähler die geschilderte Episode um den Jungen als beispielhaft im Hinblick auf eine „öffentlich[e] Stimmung“ (Z. 53), die von der **„Idee der Nation“** (Z. 59) geprägt sei.

Exemplarität dieses Verhaltens

Zunächst bezieht sich die ablehnende Haltung des Erzählers auf die italienischen Wetterbedingungen. Im Mittelpunkt des ersten Sinnabschnitts stehen die Beschreibung und Reflexion der **Temperatur- und Lichtverhältnisse**. Die Hitze wird in Form einer Klimax als „unmäßig“ und „afrikanisch“ bezeichnet (vgl. Z. 1). Im Hinblick auf die Sonne ist metaphorisch die Rede von der **„Schreckensherrschaft“** (Z. 1 f.), womit auf eine besonders grausame Phase der Französischen Revolution angespielt wird. Als ähnlich brutal erlebt der Erzähler offenbar die **Auswirkungen der Sonne** auf den menschlichen Körper (vgl. Z. 2 ff.). Das Substantiv „Unerbittlichkeit“ (Z. 3) lässt die Sonne ebenso gnadenlos erscheinen wie die auf Vernichtung ihrer Gegner abzielenden Revolutionäre.

Bild von Italien und den Italienern:

Wetter in Torre di Venere

Ohne weitere Differenzierung begreift der Erzähler die Verhältnisse in Italien als pars pro toto für den „Süden“ (vgl. Z. 5). Dieser verallgemeinernde Begriff beinhaltet sowohl die vom Erzähler **negativ konnotierte Hitze Afrikas** als auch „das Klima erblühender Menschheitskultur, die Sonne Homers und so weiter“ (Z. 5 f.). Die letztgenannte Anspielung verweist auf die **Ursprünge der europäischen Kultur im antiken Griechenland**, für die wiederum der Dichter Homer exemplarisch steht.

Gedanken zum südlichen Klima

Nach diesem kurzen Exkurs führt der Erzähler die Darstellung mit einer Schilderung von **Klima und Licht in Italien** fort. Die „glühende Leere des Himmels“ (Z. 8) empfindet er als „Last“, die Farben erlebt er als „grell“ (vgl. Z. 9). Zudem stört ihn „die ungeheure Naivität und Ungebrochenheit des Lichts“ (Z. 9). Damit geht eine entscheidende **Abwertung des „Südens“** einher. Diese gipfelt in Form einer Klimax in dem starken Gefühl von „etwas wie Verachtung“ (Z. 13) gegenüber dem südlichen Klima.

wertende und verallgemeinernde Äußerungen

Zudem konstruiert der Erzähler einen **Gegensatz zwischen dem „Süden“ und dem „Norden“**. Letzterem ordnet er sich indirekt selbst zu. Der „Süden“ in seiner „Leere“ und „Naivität“ und „Stumpfsinnigkeit“ steht dabei in **Opposition zu der Tiefe und Komplexität des „Nordens“** (vgl. Z. 12). Zwar räumt der Erzähler ein, dass die vorangegangene Erfahrung im Hotel einen Einfluss auf seine negative Wahrnehmung der „südlichen Verhältnisse“ haben dürfte (vgl. Z. 13 ff.). Dennoch legt er Wert darauf zu betonen, dass die in der Folge geschilderten **Begebenheiten am Strand von diesem Einfluss unberührt** blieben (vgl. Z. 17 ff.). Daraus lässt sich folgern,

Norden vs. Süden

dass die negative „italienische Stimmung“ aus Sicht des Erzählers allein aus sich heraus zu verstehen ist.

Im Folgenden wird diese **negative Stimmung dann auf die Bevölkerung Italiens bezogen**, genauer gesagt auf die „inländisch[e] Mittelklasse“ (Z. 22). Der Familienvater räumt ein, dass darunter grundsätzlich viele „erfreulich[e]“ (Z. 23) Menschen seien und es **auch außerhalb Italiens Mittelmäßigkeit** gebe (vgl. Z. 25 f.). Dennoch ist die folgende Darstellung der Stimmung am Strand von negativen Zuschreibungen geprägt.

herablassende Aussagen über Italiener

Immer wieder greift der Erzähler auf **nationale Stereotype** zurück. So weist er auf die Stimmlage und Aussprache der Frauen am Strand hin, wobei er sich auf das stereotype Bild von Italien als „Heimat der abendländischen Gesangskunst“ (Z. 28) beruft. Er grenzt die **Sprechweise der Frauen am Strand** zwar von diesem positiv besetzten Bild ab. Doch auch in der negativen Abgrenzung bleibt das Stereotyp der italienischen Sprache als besonders klangreich erhalten. Dies wird anhand der detaillierten **Beschreibung des „gräßlichen“ und „grellen“ Klangs** deutlich (vgl. Z. 28 ff.). Diese auf den „Schrei“ einer Mutter bezogene Charakterisierung setzt sich in der Beschreibung des von ihr gerufenen Sohnes fort. Dabei geht der Erzähler von einer stark wertenden Beschreibung des Aussehens (vgl. Z. 34) zu den Wesensmerkmalen über: Diese sind mit **„Widerspenstigkeit, Unart und Bosheit“** (Z. 35) ebenfalls alle negativ konnotiert.

Stereotype im Denken des Erzählers

Ausruf „Fuggièro“

Die negative Darstellung des Jungen setzt sich fort. Der Erzähler charakterisiert dessen Verhalten angesichts einer kleinen Verletzung durch einen Taschenkrebs als **unverhältnismäßig wehleidig und übertrieben theatralisch** (vgl. Z. 37 ff.). Im letzten Abschnitt des Textausschnitts wird dieses Verhalten in einen größeren Zusammenhang eingeordnet. Der Erzähler deutet es vor dem Hintergrund „einer öffentlichen Stimmung“ (Z. 53), die von dem italienischen Teil der Sommergäste ausgehe.

Charakterisierung des Jungen am Strand

Im gesamten Textausschnitt wird deutlich, dass der Erzähler die Leser von der eigenen Sichtweise überzeugen will. Immer wieder spricht der Erzähler die Rezipienten direkt an. Durch rhetorische Fragen (vgl. Z. 4 f.) und Appelle (vgl. Z. 26) wird das imaginäre Gegenüber zu einer **Identifikation mit der Meinung des Erzählers** aufgefordert. Zudem lädt er durch die detaillierte Schilderung seines Gedankenganges dazu ein, diesen in seiner Logik nachzuvollziehen. Wiederholt führt er dabei auch **Aspekte eines positiven Italien-Bildes** an. Vor dieser positiven Folie sollen aber die negativen Aspekte dann umso deutlicher und nachvollziehbarer erscheinen. Die Ausführungen des Erzählers weisen also eine starke **Suggestivkraft** auf.

Einfluss der Erzählperspektive

Überzeugungsstrategie des Erzählers

Im Anschluss an die Textstelle erfährt die patriotische Stimmung noch eine Steigerung. Kinder unterschiedlicher Nationen geraten am Strand in **Streit um Macht und Ansehen**, wobei sich die italienischen Kinder, und vor allem ihre hinzukommenden Erziehungsberechtigten, auf die **„Größe und Würde Italiens“** (S. 25) berufen. Diese wiederkehrenden Erfahrungen finden einen vorläufigen Höhepunkt in einem Erlebnis, in dessen Mittelpunkt eines der Kinder des Erzählers steht.

Teilaufgabe 3: „öffentliche Stimmung“ im Handlungsverlauf

Als das Mädchen am Strand kurze Zeit nackt ist, um seinen Badeanzug zu reinigen, offenbart sich aufseiten von „patriotischen Kindern“ (S. 24) und ihrer Eltern eine **moralische Entrüstung**. Diese äußert sich in lautstarken Protesten, an denen der zuvor beschriebene Junge entscheidend beteiligt ist. Besonders ein Herr tritt dabei hervor und verurteilt das aus seiner Sicht „schamwidrige“ Verhalten (vgl. S. 27). Er deutet es als eine **Verletzung der Gastfreundschaft Italiens** sowie der nationalen Ehre und Würde durch Fremde. Diese patriotisch geprägte Position hat Konsequenzen: Sie führen für den Erzähler und seine Familie zu einer **Anzeige samt Geldstrafe**.

Vorfall um die Tochter des Erzählers

Strafe für die Familie

Ihren entscheidenden Höhepunkt erreicht die patriotische Stimmung schließlich in Person des als Zauberkünstler angekündigten **Cavaliere Cipolla**, der sich als ein Hypnotiseur erweist, der den **Willen des Publikums manipuliert**. In seinem Auftritt sind Rückbezüge zur vorangegangenen Handlung erkennbar, sodass die vorherigen Aspekte des Patriotismus als eine **Vorausdeutung auf die Begebenheiten um Cipolla** interpretiert werden können.

Auftritt des Zauberers Cipolla

Cipolla beruft sich während seines Auftritts wiederholt auf die **„Größe des Vaterlands“ Italien** (vgl. S. 55, 62, 75, 98) und spielt dabei auch auf eine Verbindung zu dem faschistischen **Diktator Mussolini** an (vgl. S. 47). Diese Überhöhung des Nationalen korrespondiert mit einer **Selbstinszenierung und -überhöhung** des Künstlers.

nationalistische Äußerungen Cipollas

Letztere weist dabei durchaus **Parallelen zum Verhalten des Jungen** am Strand auf. Cipolla und der Junge offenbaren eine Wehleidigkeit und Theatralik in ihrem Auftreten. Diese setzen sie dazu ein, um Aufmerksamkeit für die eigene Person zu erzeugen und damit andere **Menschen** zu **beeinflussen und** zu **erniedrigen**, aber auch auf ihre Seite zu ziehen.

Cipolla und der Junge: Zweck ihres Verhaltens

Zusammenfassend lässt sich also feststellen, dass der Aspekt der negativen Stimmung in Italien die gesamte Novelle prägt. Schon durch die Wetter- und Figurenbeschreibungen wird deutlich, dass in Torre di Venere aus Sicht des Erzählers eine **bedrückende und feindselige Stimmung** herrscht. Das weitere Verhalten der Italiener lässt den Erzähler das Urteil präzisieren: Die Stimmung sei „patriotisch“.

Fazit: aufgeheizte Stimmung als Leitmotiv der Novelle

Die nachfolgenden Begebenheiten bis zur Schilderung des Auftritts von Cipolla sowie die Textstelle selbst können dabei als **Vorausdeutungen auf die fatalen Ereignisse um Cipolla** gesehen werden: Der Erzähler nimmt die Stimmung, die von dem „Zauberkünstler" ausgeht, als ebenso spannungsreich wahr wie den Ausschnitt Italiens und seiner Bevölkerung, den er zuvor beschrieben hat. Hier wie dort herrschen **Egozentrik und eine patriotische und menschenfeindliche Gesinnung** vor. Man könnte sogar sagen, dass die **Manipulation und Verführung der Massen** durch den nationalistisch gesinnten Cipolla erst auf der Grundlage der bereits zuvor vorherrschenden „patriotischen Stimmung" möglich wird. Das negative Italienbild, das der Erzähler in der vorliegenden Textstelle entwirft, erweist sich damit rückblickend als **Kritik an den nationalistischen Tendenzen**.

Cipollas Auftritt als Höhepunkt und Abschluss

Baden-Württemberg ▪ Basisfach Deutsch
Mündliche Abiturprüfung ▪ Übungsreferat 6

Thema des Vortrags Corpus Delicti. Ein Prozess

Aufgabenstellung

1 Interpretieren Sie die vorliegende Textstelle aus Juli Zehs Roman im Kontext der Romanhandlung. [M 1]

2 Nehmen Sie kritisch Stellung zu Juli Zehs Deutung der Zaunreiterin-Metapher. [M 2]

M 1 Juli Zeh: Corpus Delicti

„Weißt du, was eine Hexe ist, Mia?"

Überrascht hebt die Angesprochene den Kopf und muss sich anstrengen, um ihre Konzentration auf den neuen Begriff zu richten.

„Eine Hexe, mit Buckel und Besen? Die im Backofen oder auf dem Scheiterhaufen endet?"

„Das Wort kommt von Hagazussa. Die Hexe ist ein Heckengeist. Ein Wesen, das auf Zäunen lebt. Der Besen war ursprünglich eine gegabelte Zaunstange."

„Was hat das mit mir zu tun?"

„Zäune und Hecken sind Grenzen, Mia. Die Zaunreiterin befindet sich auf der Grenze zwischen Zivilisation und Wildnis. Zwischen Diesseits und Jenseits, Leben und Tod, Körper und Geist. Zwischen Ja und Nein, Glaube und Atheismus. Sie weiß nicht, zu welcher Seite sie gehört. Ihr Reich ist das Dazwischen. Erinnert dich das an jemanden?"

Darauf erwidert Mia nichts. Sie steigt vom Hometrainer und stellt sich ans Fenster. Ein Vogel ist im Blumenkasten gelandet, pickt enttäuscht an den künstlichen Blüten und sieht Mia vorwurfsvoll an, bevor er davonfliegt.

„Wer keine Seite wählt", sagt die ideale Geliebte, „ist ein Außenseiter. Und Außenseiter leben gefährlich. Von Zeit zu Zeit braucht die Macht ein Exempel, um ihre Stärke unter Beweis zu stellen. Besonders, wenn im Inneren der Glaube wackelt. Außenseiter eignen sich, weil sie nicht wissen, was sie wollen. Sie sind Fallobst."

„Ich bin doch keine Außenseiterin", sagt Mia schwach.

„Tief in deinem Herzen bist du der Meinung, dass der Umgang mit anderen Menschen Zeitverschwendung ist. Mit wenigen Ausnahmen, von denen die eine Hälfte tot und die andere dein Todfeind ist. Das reicht fürs Außenseitertum."

Quelle: Juli Zeh: Corpus Delicti. btb-Verlag. München 2010, S. 143 ff.

M 2 Juli Zeh: Fragen zu Corpus Delicti

Es gibt ein Kapitel mit dem Titel „Zaunreiterin“. Was muss man sich darunter vorstellen?

Aus der Sicht der idealen Geliebten ist auch Mia eine solche Grenzgängerin. Sie wandelt zwischen Körper und Geist, zwischen Ja und Nein, zwischen Glaube und Atheismus. Sie weiß nicht, zu welcher Seite sie gehört. Ihr Reich ist das Dazwischen. Damit wird sie zu einer Außenseiterin und zu einer gefährdeten Figur. Hier wird ein wichtiges Hintergrundthema von Corpus Delicti angerissen. Es geht um eine Frage, die in allen meinen Texten eine Rolle spielt: Wie soll sich der moderne Mensch, der sich weitestgehend von Religion und anderen Wahrheitssystemen verabschiedet hat, überhaupt noch für etwas entscheiden? Kann man aus sich selbst heraus, aus der Individualität, überhaupt Gültigkeiten entwickeln? Oder sind wir als säkularisierte Einzelwesen dazu verurteilt, als Zaunreiter zu leben. Nicht zu wissen, wohin wir gehören, Unsicherheit zu empfinden und auf diese Weise den gesellschaftlichen Frieden immer weiter zu gefährden? […] Deshalb ist die Hexe in der Funktion als Zaunreiterin eine wichtige Figur für mich. Sie steht nicht nur für Mia Holl als potenzielle Staatsfeindin und Opfer einer Hexenjagd. Sie steht auch für die geistige Situation des postreligiösen Menschen im 21. Jahrhundert.

Quelle: Juli Zeh: Fragen zu Corpus Delicti. btb-Verlag. München 2020, S. 34 f.

Lösungsvorschlag

TIPP *Bearbeitungshinweise*

Teilaufgabe 1: Die erste Teilaufgabe lässt sich in zwei Bereiche untergliedern: die **Einordnung der Textstelle** M 1 in den Roman sowie deren **Interpretation**.

Halten Sie nach einer ersten Lektüre Ihre spontanen **Leseeindrücke** und **offene Fragen** fest. Diese Herangehensweise hilft dabei, zu einem tieferen Verständnis der Textstelle zu gelangen. Formulieren Sie dann eine **Deutungshypothese**.

Notieren Sie im nächsten Schritt stichwortartig die Informationen, die für das Verständnis des Textauszugs im Gesamtzusammenhang des Romans wichtig sind (**Makrokontext**). Beachten Sie auch, was dem Gespräch unmittelbar vorausgeht und sich daran anschließt (**Mikrokontext**). Wichtig ist es, die für das Verständnis der Szene nötigen **Zusammenhänge** knapp herauszuarbeiten.

Die Interpretation der Textstelle erfordert eine gründliche **Textarbeit**, die u. a. Inhalt, Struktur und sprachliche Gestaltung berücksichtigt. Selbstverständlich wird angesichts der Kürze der Vorbereitungszeit keine Vollständigkeit erwartet. Setzen Sie den **Schwerpunkt** auf die Phänomene, die Ihre Deutung stützen.

Beim **Aufbau** des Vortrags können Sie der **Chronologie des Textauszugs** folgen, also linear vorgehen, oder sich an selbstgewählten **Analyseschwerpunkten** orientieren. Eine lineare Analyse erscheint häufig einfacher, birgt aber die Gefahr, die nötige Distanz zum Text und die funktionale Deutung der angesprochenen Phänomene zu vernachlässigen. Ein aspektorientiertes Vorgehen hat den Vorteil, dass Sie dem Vortrag sogleich eine Struktur geben, die eine Einordnung in Zusammenhänge erleichtert. Der folgende Vortrag ist nach Aspekten gegliedert.

Teilaufgabe 2: Hier müssen Sie zunächst Juli Zehs Deutung der Figur Mia Holl als Zaunreiterin herausarbeiten. Geben Sie dazu die **wichtigsten Aussagen** des zweiten Textauszugs [M 2] in eigenen Worten wieder. Die in der Aufgabe geforderte kritische Stellungnahme verlangt von Ihnen, die **Thesen auf ihre Stichhaltigkeit zu prüfen**, sich eine eigene Meinung zu bilden und diese durch plausible Argumente zu stützen. Die Ausführungen Juli Zehs enthalten **zwei Blickwinkel**, die Sie berücksichtigen sollten. Zum einen wird von Ihnen erwartet, sich auf den Roman bezogen mit der Figur Mia Holl als Zaunreiterin auseinanderzusetzen. Zum anderen sollten Sie Ihren Blick über „Corpus Delicti“ hinausgehend auf die Zaunreiterin als Symbol für die geistige Situation des heutigen Menschen richten.

Mögliche Fragen als Überleitung zum Prüfungsgespräch:

- Sie haben in Ihrem Vortrag häufig über die ideale Geliebte gesprochen. Welche Funktion hat sie inhaltlich und erzähltechnisch?
- Erörtern Sie, ob es sich bei „Corpus Delicti“ um einen utopischen oder dystopischen Roman handelt.
- Welche weiteren aktuellen gesellschaftspolitischen Themen werden in „Corpus Delicti“ angesprochen?

Juli Zehs 2009 erschienener Roman „Corpus Delicti" wirft die Frage auf, in welcher Art von Gesellschaft wir in Zukunft leben wollen. Dabei geht es um das Spannungsverhältnis zwischen Freiheit und Sicherheit, Demokratie und Macht, um die Folgen der ewigen Körperoptimierung und die Frage nach dem Sinn des Lebens. Mit den philosophischen, teil existenziellen Impulsen spricht die Autorin dem modernen Menschen aus der Seele, der in der Ambivalenz der gesellschaftlichen Werte seinen Platz finden muss. Oftmals kann er sich in seiner Halt- und Orientierungslosigkeit nicht entscheiden und schwebt – wie eine Zaunreiterin – zwischen den Grenzen. Um dieses „Dazwischen" geht es in der zu interpretierenden Textstelle.

Hinführung zum Thema des Romans und der Textstelle

Der Roman spielt in der Mitte des 21. Jahrhunderts. Die METHODE, die herrschende **Gesundheitsdiktatur**, hat die vollkommene Kontrolle über die Bevölkerung erlangt. Die Menschen haben sich mehr und mehr von sich und ihrer wahren Natur entfremdet. Kollektives Streben nach Gesundheit ist das vorrangige Ziel, und wer den obligatorischen präventiven Maßnahmen nicht nachkommt, gerät mit dem Gesetz in Konflikt. So wird die Biologin **Mia Holl**, eine bisher vorbildliche Anhängerin der METHODE, **angeklagt**, weil sie infolge der Trauer um ihren Bruder Moritz ihre Verpflichtungen vernachlässigt hat. **Mias Bruder**, Freigeist und radikaler Gegner der METHODE, hat sich vor dem Einsetzen der Romanhandlung das Leben genommen, weil er **zu Unrecht für den Mord an einer jungen Frau verurteilt** worden ist. Mia weiß intuitiv, dass ihr Bruder unschuldig ist. Sie schafft es aber zunächst nicht, sich von ihrer Systemtreue zu lösen und sich für die Wahrheit einzusetzen, obwohl ihre positive **Einstellung zur METHODE** immer mehr **ins Wanken** gerät. Ihr Gerichtsprozess, das Nachdenken über ihren Bruder und ihre Beziehung zu ihm sowie schließlich der **Beweis für Moritz' Unschuld** führen dazu, dass sich Mia von der METHODE abwendet und zu ihrer überzeugten Gegnerin wird. Der zu untersuchende Textauszug aus dem Kapitel „Die Zaunreiterin" stellt eine **Schlüsselstelle für ihren Wandel** dar.

Teilaufgabe 1: Einordnung der Textstelle [Makrokontext]

Mia wird mit ihrer **inneren Stimme** konfrontiert, die im Roman als **„ideale Geliebte"** bezeichnet wird. Diese hat einen Zeitungsartikel gelesen, in dem Moritz' Methodenfeindlichkeit angeprangert und auch Mias Name genannt wird. Bei der Lektüre hat sie erkannt, dass Mia aufgrund ihrer **Unfähigkeit, Stellung zu den Geschehnissen zu beziehen**, in großer Gefahr ist. Sie versucht deshalb, Mia zu **warnen**. Die äußere Mia bleibt in dem Textauszug zurückhaltend und schwach. Unmittelbar nach der Textstelle gibt Mia ihrer inneren Stimme allerdings recht. Sie hat erkannt, dass sie sich **zwischen Konformität und Auflehnung entscheiden** muss. Dass es bis zur

Inhalt der Textstelle [den Mikrokontext berücksichtigend]

endgültigen Entscheidung aber noch ein längerer Weg ist, zeigt sich am Ende des Kapitels, das Mia weiterhin als Zaunreiterin entlarvt (vgl. S. 146).

Erzähltechnik

Die vorliegende Szene wird größtenteils als **zeitdeckendes Gespräch** dargeboten, wodurch sie eine **große Unmittelbarkeit** erhält. Lediglich an zwei Stellen sind kurze Erzählerberichte eingeschoben, durch welche die Lesenden über Mias Befindlichkeit und ihre Reaktionen informiert werden. Die **ideale Geliebte dominiert das Gespräch**, stellt die entscheidenden Fragen, erklärt und versucht zu überzeugen. Sie bringt den Begriff „**Hexe**" ein und schafft mit einem Hinweis auf den Ursprung des Wortes die Verbindung zu Mia. Die Hexe sei eine Zaunreiterin, die sich auf einem schmalen Grat, im „Dazwischen" befinde (vgl. M 1, Z. 9 ff.), im Falle Mias an der Grenze zwischen der METHODE und der Gegenwelt ihres Bruders.

Gesprächsverhalten der idealen Geliebten

Definition der Zaunreiterin

Warnung vor dem Außenseitertum

sprachliche Auffälligkeiten

Als Mia nicht auf ihre Anspielungen reagiert, wird die ideale Geliebte **konkreter** und **nachdrücklicher**. Die Gefahr, in der sich Mia durch ihr Dasein im „Dazwischen" befindet, wird durch die mehrfache **Wiederholung** des Begriffs „Außenseiter" (M 1, Z. 17 ff.) verdeutlicht: Die Mächtigen opferten Außenseiter gerne zur Demonstration ihrer eigenen Stärke. Mit der **Metapher „Fallobst"** (M 1, Z. 20) verdeutlicht die ideale Geliebte die Haltung des Systems Andersdenkenden bzw. Zweifelnden gegenüber: Wie reifes Obst, das beim kleinsten Windstoß vom Baum fällt, seien sie leicht zu überwältigen, „weil sie nicht wissen, was sie wollen" (M 1, Z. 20). Der **parataktische Satzbau** der ersten Gesprächshälfte weicht im zweiten Teil vermehrt **hypotaktischen Strukturen**, mit denen die ideale Geliebte die äußere Mia zu überzeugen versucht. Die klaren, teilweise **elliptischen** Sätze zu Beginn der Textstelle und die Verwendung des **Indikativs** lassen keinen Zweifel an der Einschätzung der idealen Geliebten zu. Ihre Selbstsicherheit zeigt sich ebenso in der zweimaligen **Aufforderung** an Mia, einen Bezug zu sich selbst herzustellen (vgl. M 1, Z. 1 und Z. 12 f.), bevor die ideale Geliebte ihre Gesprächspartnerin am Ende direkt als Außenseiterin bezeichnet.

Mia: Charakterisierung und Gesprächsverhalten

Die **äußere Mia** tritt sowohl mit ihren Äußerungen als auch durch ihr nonverbales Verhalten völlig in den **Hintergrund**, erscheint **unbeteiligt**, **„schwach"** (M 1, Z. 21) und **überfordert**. Sie wirkt wie aus einer anderen Welt geholt, als die ideale Geliebte sie mit dem Wort „Hexe" konfrontiert (vgl. M 1, Z. 2 f.). Sie kann bzw. will keine Verbindung zu sich selbst herstellen, verknüpft sie doch mit dem Begriff die altertümliche Vorstellung einer Buckligen mit Besen. Einer direkten Konfrontation weicht sie durch Schweigen aus. Ihr letzter Redebeitrag – „‚Ich bin doch keine Außenseiterin', sagt Mia schwach" (M 1, Z. 21) –, lässt jedoch vermuten, dass sie bereits an dieser Stelle erkennt, wie ähnlich sie ihrem Bruder im Grunde ist. Ihr Abwehrverhalten wirkt nur noch kraftlos; die Weichen für eine **Veränderung in ihrer Haltung** sind gestellt.

Symbolik: Vogel

Aufschlussreich in diesem Zusammenhang ist das Verhalten des Vogels, den Mia vom Fenster aus beobachtet. Der **Vogel** versinnbildlicht im Allgemeinen die **seelische**, **geistige Sphäre** und steht symbolisch für die **Freiheit**. Das Tier sieht Mia vorwurfsvoll an, weil es von den künstlichen Blumen enttäuscht ist. Diese erwecken den Anschein, etwas zu sein, was sie in Wahrheit nicht sind – ebenso wie Mia, die sich bemüht, den Eindruck einer folgsamen Bürgerin aufrechtzuerhalten, obwohl sie tief in ihrem Inneren an der METHODE zweifelt. Die Szene kann als **Aufforderung** an Mia verstanden werden, **Stellung zu ihren eigenen Überzeugungen zu beziehen**.

Teilaufgabe 2:
Juli Zehs Deutung der Zaunreiterin

Für Juli Zeh steht die Zaunreiterin in „Corpus Delicti" für die **unentschlossene Mia Holl** als potenzielle Antimethodistin und modernes Opfer einer Hexenjagd. Über den Roman hinausgedacht, weist das Zaunreiter-Motiv für die Autorin auf die **Situation der heutigen Menschen** hin, die sich größtenteils von Religionen und ähnlichen kollektiven Wahrheitssystemen verabschiedet haben. Sie wirft die Frage auf, ob es überhaupt möglich ist, für sich allein Werte festzulegen, oder ob die moderne individualisierte Gesellschaft aus lauter Zaunreitern besteht, die sich ihrer Zugehörigkeit unsicher sind.

zwei zu untersuchende Aspekte

Bei der kritischen Stellungnahme zu Juli Zehs Deutung gilt es zum einen, der Frage nachzugehen, ob die **Bezeichnung Mia Holls als Zaunreiterin** ihre Berechtigung hat. Zum anderen geht es aber um eine noch bedeutendere Überlegung, die auch Moritz und Mia umtreibt. Gibt es in einem **Leben ohne Religion** überhaupt einen **Sinn** und damit die Möglichkeit, sich zu entscheiden und zu wissen, wo man hingehört und was das Leben lebenswert macht?

Mia als Zaunreiterin: überzeugte Anhängerin vs. Zweifel

Von außen betrachtet, hat sich Mia Holl in ihrem Leben eingerichtet. Geleitet von ihrem Verstand, scheint sie die **Grundsätze der METHODE verinnerlicht** zu haben und führt ein angepasstes Leben. Doch bei genauerem Hinsehen wird deutlich, dass sie eben nicht dazugehört. Sie lebt zurückgezogen, braucht viel Zeit für sich und ihre Gedanken. Die Verurteilung ihres Bruders und sein Tod stürzen Mia in eine Krise, die ihre gesamte Identität infrage stellt. Da sie intuitiv um Moritz' Unschuld weiß, muss sie das gesamte System in Zweifel ziehen. Bei diesem Wandlungsprozess zeigt sich, dass sie zwar ein systemtreues Leben geführt hat, **innerlich** jedoch bereits **von Anfang an „dazwischen"** steht, was sich auch in der tiefen Verbindung zu Moritz manifestiert. So ist sie beispielsweise bereit, Grenzen des Systems zu überschreiten, um an seinem Rückzugsort in der Natur Zeit mit ihm zu verbringen. Dass sich die Geschwister im Grunde schon immer sehr ähnlich waren, wird auch in Mias Gedanken an ihren Bruder deutlich: „So verschieden haben wir gar nicht gedacht. Nur unsere Schlussfolgerungen waren nicht dieselben." (S. 27) Zehs Bezeichnung der Figur Mia Holl als **Zaunreiterin** ist folglich gerechtfertigt. **Zu Beginn des Romans** versteckt Mia ihr Schwanken noch hinter vordergründiger Systemtreue.

Wendepunkt: Mias Selbstfindung als Antimethodistin

Erst das in dem Textausschnitt enthaltene Gespräch führt Mia zu der Erkenntnis, dass ihre innere Stimme in Gestalt der imaginären idealen Geliebten recht hat: Sie muss sich für die Seite ihres Bruders entscheiden und sich damit gegen die METHODE stellen. Obwohl sie sich nach außen hin zunächst noch gegen diesen Sinneswandel sträubt, ist die Textstelle als **Wendepunkt** anzusehen. Die Zaunreiterin findet zu sich selbst, verlässt den Bereich des „Dazwischens" und beginnt, „mit dem Herzen [zu] denken" (S. 183). Sie **bekennt sich** schließlich **als Antimethodistin**. Bei ihrer Gesinnungsprüfung vor Gericht erläutert sie, was dem Menschen durch den Fokus auf das Körperliche genommen wurde: „Die Naturwissenschaft [...] hat die lange Ehe zwischen dem Menschen und dem Übermenschlichen geschieden. Die Seele, Spross dieser Verbindung, wurde zur Adoption freigegeben." (S. 158) Durch ihr öffentliches Argumentieren gegen die METHODE bezieht Mia klar Position. Somit ist sie **gegen Ende des Romans nicht mehr** als **Zaunreiterin** zu bezeichnen.

Überleitung zur Rolle der Religion

Ihr Bruder Moritz macht ebenfalls die Naturwissenschaft für die **Haltlosigkeit des modernen Menschen** verantwortlich: „Erst hat die naturwissenschaftliche Erkenntnis das **göttliche Weltbild zerstört** und den Menschen ins Zentrum des Geschehens gerückt. Dann hat sie ihn dort stehen lassen, ohne Antworten, in einer Lage, die nichts weiter als lächerlich ist." (S. 26 f.) Moritz' Aussage weist auf Juli Zehs zweite Deutung des Zaunreiter-Motivs als **Symbol für die Situation heutiger nichtreligiöser Menschen** hin.

Untermauerung der These Juli Zehs: Sehnsucht nach übersinnlichen Erfahrungen

Glaubt man an Gott oder etwas Übermenschliches, ist es sicherlich einfacher, ein **sinnerfülltes Leben** zu führen, da dieses dann einem **göttlichen Plan** folgt, an dessen Ende die Aufnahme der Seele in Gottes Reich steht. Die **Sehnsucht nach übersinnlichen Erfahrungen** ist tief im Menschen verankert. Bereits in der Frühzeit wurde Unerklärbares durch die Existenz höherer Mächte gedeutet. Der Glaube an einen oder mehrere Götter zieht sich durch die Geschichte sämtlicher Kulturen. Auch der „postreligiös[e] Mensc[h] im 21. Jahrhundert" (M 2, Z. 16) scheint weiterhin auf der **Suche nach Orientierung und Halt**. Wie lässt sich sonst beispielsweise der aktuelle Trend, sich mit der buddhistischen Lehre zu beschäftigen sowie Yoga und Meditation zu praktizieren, erklären?

Trotzdem bin ich der Meinung, dass ein **Erleben von Sinnhaftigkeit nicht an den Glauben gekoppelt** ist, sondern sich subjektiv in verschiedenen Bereichen manifestieren kann. Eine **sinnstiftende Aufgabe** und eine starke **emotionale Verbindung mit sich selbst und anderen Menschen** sind dafür grundlegend. Es verlangt dem Menschen jedoch mehr Anstrengung ab, als die bloße Übernahme einer Religion es tut. Es setzt die Bereitschaft voraus, eine **eigene Antwort auf die Frage nach dem Sinn des Lebens** zu finden, sich weiterzuentwickeln und damit eine Grundlage für Dankbarkeit und Glück zu legen. Menschen, die es vermeiden, sich mit solchen Fragen auseinanderzusetzen, verlieren auf lange Sicht die Anbindung an sich selbst, was ein Gefühl der Haltlosigkeit und inneren Leere hervorruft. So ist die Wahrscheinlichkeit hoch, dass in unserem **ambivalenten Wertesystem viele** ein Leben als **Zaunreiter** führen.

Entkräftung der These Juli Zehs: Sinnhaftigkeit auch ohne Religion möglich

aber: Anstrengung und Eigeninitiative notwendig

Zusammenfassend ist festzuhalten, dass beide von der Autorin angebotenen Deutungsansätze des Zaunreiter-Motivs nur teilweise zutreffend sind. Die Figur Mia Holl steht zunächst im „Dazwischen“ und kann somit als Zaunreiterin bezeichnet werden. Erst durch ihr Bekenntnis gegen die METHODE verlässt sie diesen Status. Auch der über den Roman hinausgehenden Deutung der Zaunreiterin als Symbol für die Situation der heutigen nichtreligiösen Gesellschaft ist nur teilweise zuzustimmen. Sicherlich befinden sich einige Menschen in einem orientierungslosen „Dazwischen“, jedoch führen auch viele jenseits klassischer Glaubensrichtungen ein sinnhaftes Leben.

Fazit:

teilweise Zustimmung zu Juli Zehs Deutung

Thema des Vortrags Kurzprosa

Aufgabenstellung

1 Fassen Sie den Inhalt der Erzählung kurz zusammen.

2 Untersuchen Sie den Handlungsverlauf und die beteiligten Figuren. Berücksichtigen Sie dabei die sprachliche Gestaltung und ihre Funktion.

3 Interpretieren Sie das Textgeschehen gesellschaftspolitisch.

M Günter Kunert: Zirkuswesen (1965)

Kaum hatte die Vorstellung begonnen, ertönte ein einstimmiger Entsetzensschrei des Publikums: Der Dompteur war über seinen schönsten Königstiger hergefallen und hatte sich in dessen Nacken verbissen. Als sich die Besucher hastig aus dem Zelt drängten, gab das Tier schon kein Lebenszeichen mehr von sich. Die anderen Gefleckten, Gestreiften und Geringelten preßten sich mit eingezogenen Schwänzen ans Gitter und heulten auf, als sich der Dompteur erhob, um sich auf die Tür des Käfigs zu stürzen, in dem er seine Attraktion vorführte.

Die metallenen Stäbe flogen auseinander, und er stürmte ins Freie. Unaufhaltsam stampfte er in seinen hohen, schwarzen Stiefeln sporenklirrend auf die Straße und durch sie.

„Der Dompteur ist los! Der Dompteur ist los!" ächzte es von Haus zu Haus; er selber aber schrie und dröhnte und donnerte durch die Gassen, knallte mit der Peitsche und schnalzte mit den Fingern, daß niemand davon verschont ward. Seinen Weg säumten auf Händen stehende Straßenbahnschaffnerinnen, auf Wäscheleinen balancierende Hauswarte, oder in strammer Haltung gelähmte Feuerwehrleute, die erst seinetwegen und dann vor ihm ausgerückt waren.

Bei jedem Peitschenknall sprangen Großväter in ihren Stuben keuchend auf den Tisch oder auf den Ofen, wo sie mit angewinkelten Armen hocken blieben.

Der Dompteur ist los! Der Dompteur ist los! Angst und Schrecken und erstaunliche, eilfertig ausgeführte Dressurleistungen griffen immer weiter um sich. Auf ihren Stühlen in ihren Wohnungen kauerten die Bewohner der Stadt, auf den Peitschenknall lauernd, der ihnen erlaubte, zu Boden zu springen und knurrend und murrend in die Küche oder ins Bett zu schleichen.

Endlich, drei Abende später, gelang es, den Dompteur einzufangen und zum Bürgermeister zu machen; seitdem herrscht in der Stadt wieder Ruhe und Ordnung. Und ein ganz unglaublicher Aufschwung des Zirkuswesens läßt sich nicht länger leugnen.

Quelle: Fritz Pratz: Neue deutsche Kurzprosa, Diesterweg, Frankfurt 1976, S. 94 f.

Lösungsvorschlag

TIPP *Bearbeitungshinweise*

Die vorliegende Erzählung von Günter Kunert ist eine **Parabel**. Daher hat der Text zwei Ebenen: die **Bildebene** und die **Sachebene**. Denn eine Parabel erzählt ein Geschehen, dessen wörtlicher Sinn eine übertragene Bedeutung hat.

Teilaufgabe 1: Bei dieser Einstiegsaufgabe sollen Sie die wichtigsten Schritte der Handlung **präzise und knapp** zusammenfassen. Sie können sich dabei an den **Absätzen des Textes** orientieren. Verwenden Sie in Ihrem Vortrag nicht zu viel Zeit auf diese Teilaufgabe, sie soll lediglich als Nachweis Ihres Textverständnisses und als Grundlage für die weiteren Teilaufgaben dienen.

Teilaufgabe 2: Beachten Sie die vorgegebenen Aspekte bei dieser Teilaufgabe: Sie sollen den **Handlungsverlauf** und die **Figuren** untersuchen, Sie bleiben also auf der Bildebene der Parabel. Am besten gehen Sie textchronologisch vor, indem Sie Absatz für Absatz analysieren: Was passiert im Einzelnen? Wie entwickelt sich die Handlung? Was tut der Dompteur? Wie reagieren die Bewohner auf die Handlungen des Dompteurs? Was erfährt der Leser über die Motive der Figuren? Denken Sie daran, Ihre Analysen auch immer mit **Beobachtung zur sprachlichen Gestaltung der Erzählung** zu verknüpfen, und die Funktion des jeweiligen sprachlichen Mittels deutlich zu machen.

Teilaufgabe 3: Diese Interpretation verlangt die **Übertragung auf die Sachebene** der Parabel, also eine Abstraktion weg von der wörtlich gegebenen Textbedeutung. Sie sollten erkannt haben, dass das Verhalten des Dompteurs und der Bewohner auch außerhalb einer Zirkuswelt auftreten kann. Es geht in der Parabel vielmehr um ein übergeordnetes Phänomen, nämlich um die Frage, wie Menschen an Macht gelangen. Die **Zielrichtung Ihrer Interpretation** ist mit **„gesellschaftspolitisch"** klar benannt. Greifen Sie dabei auf Ihre Ergebnisse aus Teilaufgabe 2 zurück und deuten Sie Ihre Analysen in diesem gesellschaftspolitischen Sinn: Was sagt die Parabel also darüber aus, **wie die Gesellschaft und die Politik funktionieren**? Welche politischen Abläufe und welche gesellschaftlichen Verhaltensmuster lassen sich im Handeln der Figuren erkennen? Ziehen Sie am Ende Ihres Vortrags ein **zusammenfassendes Fazit.**

Mögliche Fragen als Überleitung zum Prüfungsgespräch:

- Der Autor Günter Kunert lebte bis 1979 in der DDR. Warum hat er für die Erzählung „Das Zirkuswesen" wohl die Textsorte Parabel gewählt?
- Wie von Ihnen erläutert, ist das Thema der Parabel das unrechtmäßige Ergreifen der Macht über andere Menschen. Fällt Ihnen ein weiteres literarisches Werk ein, in dem dieses Problem verhandelt wird?
- Das Zirkuswesen dient hier als kleines Abbild einer großen Gesellschaftsordnung. Welche anderen Bilder für die Gesellschaft kennen Sie aus der Literatur?

Ein Dompteur beißt im Zirkus seinen Königstiger tot. In der Erzählung „Zirkuswesen" von Günter Kunert von 1965 scheinen also die **Rollen vertauscht** zu sein. Danach flieht der Dompteur in die Stadt, versetzt die Bewohner in Angst und Schrecken. Peitschenknallend bringt der Dompteur die Menschen dazu, seltsame Körperhaltungen einzunehmen. Die Bewohner sind eingeschüchtert und vollführen nun wie dressierte Tiere **zirkusreife Kunststücke**. Als der Dompteur nach drei Abenden gefangen wird, wird er nicht etwa eingesperrt, sondern zum Bürgermeister gemacht. Die Menschen **unterwerfen sich freiwillig dem Gewalttäter**. Nun herrschen angeblich wieder „Ruhe und Ordnung" (Z. 25) in der Stadt und das titelgebende Zirkuswesen habe sich erfolgreich verbreitet.

Teilaufgabe 1: Zusammenfassung des Inhalts

Der Text ist eine **Parabel**, da der Leser den Zirkus, den Dompteur, die Tiere und die dressierten Menschen als **Elemente der Bildebene** erkennt. Auf der Sachebene geht es um eine Gesellschaft, die ein solches Verhalten ermöglicht und zulässt. Doch dazu später mehr, zunächst zum konkreten Handlungsverlauf.

Teilaufgabe 2: Handlungsverlauf, Figuren, Sprache

Wie beginnt die Handlung? Der scheinbar unterlegene, schwächere Mensch überwältigt einen gefährlichen Tiger und wendet dafür genau dessen Tötungsmethode an – den Nackenbiss. Es ist eine geplante und **keine heimliche Tat**. Der Dompteur vollzieht sie öffentlich gleich zu Beginn der Zirkusvorstellung.

Tötung des Tigers

Die Zuschauer fliehen. Auch die anderen Tiere im Käfig spüren, dass es sich um eine besondere Situation handelt: Sie pressen sich an das Gitter. Sie werden als „Gefleckt[e], Gestreift[e] und Geringelt[e]" (Z. 4 f.) beschrieben. Die **Alliteration** in den aufgelisteten Partizipien lässt sie als Teil einer Gruppe erscheinen, die v. a. **durch ihr Aussehen miteinander verbunden** ist. Auf eine Nennung der konkreten Tierarten wird im Gegensatz zum erwähnten Königstiger verzichtet. Diese Tiere werden **nicht als Individuen betrachtet**. Die Körperhaltung mit „eingezogenen Schwänzen" (Z. 5) drückt aus, wie **eingeschüchtert und verängstigt** sie sind.

Reaktion des Publikums und der Tiere

Da der Dompteur diese Lebewesen schon unterworfen hat, interessieren sie ihn nicht weiter. Er stürzt aus dem Käfig, wobei sogar die „metallenen Stäbe" (Z. 8) auseinanderfliegen. Laut polternd, genauer „sporenklirrend" „stampf[t]" er in „hohen, schwarzen Stiefeln" (Z. 9) durch die Stadt. Diese Attribute verdeutlichen das **militärische Auftreten des Dompteurs**.

Ausbruch aus dem Käfig

In den Beschreibungen häufen sich **lautmalerische Alliterationen**, beispielsweise die bedrohlich klingenden, zischenden S-Laute, wenn

klangliche Elemente

der Dompteur „in seinen hohen, schwarzen Stiefeln sporenklirrend auf die Straße und durch sie [stampfte]“ (Z. 9 f.). Ebenfalls lautmalend ist die aggressiv tönende Alliteration, dass der Dompteur „durch die Gassen [dröhnte und donnerte]“ (Z. 12). Das Auftreten des Dompteurs wirkt durch diese lautmalerischen Elemente noch **plastischer und szenischer**. Wie eine **unaufhaltsame Naturgewalt** scheint er über die Bewohner hereinzubrechen.

Charakterisierung des Dompteurs

Die Kunststücke, die die Bevölkerung auf die Befehle des Dompteurs hin ausführt, wirken **grotesk und sinnlos**. Zu beobachten sind beispielsweise „auf Händen stehende Straßenbahnschaffnerinnen“ (Z. 14) oder „auf Wäscheleinen balancierende Hauswarte“ (Z. 14 f.). Diese **parallelistisch aufgebauten Partizipkonstruktionen** unterstreichen auch syntaktisch das **mechanisch-konformistische und verwunderliche Verhalten der Menschen** und sorgen so zusätzlich für einen komischen Effekt beim Lesen. Gerade weil der Erzähler die albernen, übertriebenen Dressurleistungen vermeintlich sachlich wiedergibt, wirkt das Geschehen **humoristisch und satirisch**.

artistische Kunststücke der Bewohner

Im Gegensatz dazu bewegen sich die Feuerwehrleute, die den Dompteur eigentlich aufhalten sollten, überhaupt nicht mehr. Sie sind erstarrt „in strammer Haltung“ (Z. 15) – eine Formulierung, die an **gehorsame Soldaten** erinnert. Das Adjektiv „gelähm[t]“ (Z. 15) deutet an, dass die Feuerwehrleute ebenfalls **Angst** verspüren oder dass sie nicht mehr die Herren ihres eigenen Willens sind, sondern **von einer stärkeren Macht fremdgesteuert** werden.

Gehorsam der Feuerwehr

Der Einfluss des Dompteurs reicht sogar **bis ins Privatleben**. Der Rückzug in die eigenen vier Wände schützt nicht. Der Dompteur bestimmt das Verhalten der Menschen bis hinein ins Schlafzimmer. Die unselbstständigen Menschen warten auf die Erlaubnis, „knurrend und murrend“ (Z. 23) ins „Bett zu schleichen“ (Z. 24) – **wie kleine Kinder,** die von ihren Eltern ins Bett geschickt werden müssen. Durch die **Lautmalerei bei den Partizipien** „knurrend und murrend“ scheint man als Leser den kindlichen Trotz der Menschen beinahe zu hören.

kindliches Verhalten der Bewohner

Die Menschen in der Erzählung werden nur als **„Bewohner“** (Z. 21) bzw. mit ihrem Beruf bezeichnet (vgl. Z. 14 ff.) oder in ihrer Funktion als Zirkusbesucher genannt (vgl. Z. 3). Da sie sich eben **nicht menschlich, sondern wie dressierte Zirkustiere** verhalten, reicht es aus zu sagen, dass sie Bewohner sind, also im Einflussbereich des Dompteurs leben. Die Menschen treten im Text auch nicht einzeln als Individuen auf, sondern immer **als Gruppe**.

Bezeichnung „Bewohner“

Wie äußert sich die Bevölkerung eigentlich zum Ausbruch des Dompteurs? Zunächst werden die Rufe „Der Dompteur ist los!“ (Z. 11)

Sprache der Bevölkerung

eindringlich in doppelter Ausführung wörtlich zitiert. Aber es ist **kein Schreien, sondern ein Ächzen** (vgl. Z. 11), was schon auf geschwächte Hilferufe hindeutet – vielleicht **aus Angst oder aus Resignation**. Später folgen die Ausrufe noch einmal ohne Anführungszeichen (vgl. Z. 19). Ohne die Kennzeichnung als Zitat ist die Distanz zur Formulierung abgebaut. Der **allwissende Erzähler**, der bisher überwiegend sachlich über das Geschehen berichtet, hat die Ausrufe in seine Beschreibung übernommen. Es wirkt beinahe so, als würde der Erzähler **mit einem Augenzwinkern** selbst rufen „Der Dompteur ist los!“ (Z. 19). Die wenigen Kommentare des Erzählers sind **von leiser Ironie geprägt**. So bringt er z. B. seine angebliche Verwunderung angesichts der Vorfälle mit den Adjektiven „erstaunli[ch]“ (Z. 19) und „unglaubli[ch]“ (Z. 26) zum Ausdruck.

Ausruf „Der Dompteur ist los!“

ironische Haltung des Erzählers

Der letzte Absatz wird mit dem Temporaladverb „Endlich“ (Z. 24) eingeleitet. Das weckt **Hoffnung auf eine Erlösung**, auf eine Befreiung oder auf ein anderes gutes Ende. Paradoxerweise geben die Bürger die Kontrolle, die sie endlich über den Dompteur gewonnen haben, sofort wieder ab – und zwar verrückterweise an den Verursacher des Schreckens selbst. Dies ist nach dem tödlichen Nackenbiss die **zweite Überraschung in der Parabel**.

rätselhaftes Ende der Erzählung

Der Gewinn ist „Ruhe und Ordnung“ (Z. 25), weil nun keine Peitschenhiebe mehr nötig sind – die Menschen gehorchen sowieso. Hier ist wie auch im letzten Satz ein **ironischer Unterton des Erzählers hörbar**. Dass das Zirkuswesen, das so viel Angst für die Menschen bedeutete, nun aufblüht, wird **von der Bevölkerung mitgetragen, ja sogar unterstützt**. Der „Aufschwung des Zirkuswesens läßt sich nicht länger leugnen“ (Z. 26), das heißt, er war unterschwellig schon angelegt und ist jetzt offiziell. Damit **stabilisieren sich die neuen Machtverhältnisse**.

Aufblühen des Zirkuswesens

Das zentrale Motiv der Parabel ist **Macht**. Einer einzelnen Person genügt es offensichtlich nicht mehr, über ohnehin schon Unterworfene zu herrschen. **Genaue Motive** für sein Handeln werden **nicht genannt**. Dieser Mensch reißt das Kommando über eine ganze Stadt an sich – und die Schikanierten vermögen es nicht, diesen Menschen auf seinem **Weg zur Macht** aufzuhalten, letztendlich helfen sie ihm dabei sogar bereitwillig.

Teilaufgabe 3: gesellschaftspolitische Interpretation

Wie gesagt geht es in der Parabel nur auf der Bildebene um Tiere und um Zirkus. Auf der Sachebene vertritt der Dompteur eine Person, die ihren **Herrschaftsbereich vergrößern** möchte. Der Tiger könnte für eine Person oder Personengruppe stehen, die zumindest rein physisch stärker ist als der Dompteur und ihm gefährlich werden könnte. Deshalb wird dieser **Konkurrent beseitigt**.

Dompteur als machthungriger Politiker

Die Art, wie der Dompteur sich durchsetzt, entspricht dem **Muster von Putschversuchen oder Machtergreifungen**, die zu Diktaturen führen. Der Akteur nutzt einen **Überraschungseffekt** und beseitigt seinen gefährlichsten Gegner. Mit dem „Käfi[g]" (Z. 6) zerstört er bildhaft die Hindernisse, die ihn bisher in Schranken gehalten haben, beispielsweise **politische Gegner** oder die **staatliche Verfassung**.

Symbolik des Käfigs

Das Publikum – und damit ein weiteres **mögliches Kontrollorgan** – flieht zunächst aus Panik und Entsetzen (vgl. Z. 1 ff.). Nur ein **paar Zeugen** in Form der anderen Tiere bleiben zurück. Aber sie haben wohl **zu viel Angst** davor, dass sie dasselbe Schicksal ereilt wie den Königstiger. Deshalb greifen sie nicht ein, obwohl sie als Gruppe wahrscheinlich stark genug dafür gewesen wären. Die **Einschüchterungstaktik des Dompteurs** hat also funktioniert.

Sorge um das eigene Leben

Die **Kunststücke**, die die Bewohner ausführen, können **als symbolische Handlungen** verstanden werden, mit denen sie ihre **Bereitschaft zur Unterwerfung** signalisieren wollen. Auch sprachlich schlägt sich diese Haltung nieder: Die unterdrückten Menschen „knurren" und „murren" nur noch (vgl. Z. 22). Sie sind nicht mehr fähig oder willens, sich klar zu artikulieren, geschweige denn Widerstand zu leisten – **weder mit Worten noch mit Taten**. Die Menschen führen ihre Unterwerfungsgesten sogar „eilfertig" (Z. 20) aus, sie zeigen sich **dressiert wie Tiere**. An dieser Darstellung wird deutlich, wie **entwürdigend** ein derartiger Gehorsam für Menschen ist.

Bedeutung der Kunststücke der Bewohner

Dass die Feuerwehr kapituliert und sich auf die Seite des Dompteurs stellt (vgl. Z. 15 f.), ist ein entscheidender Schritt auf dem Weg zur Macht. Denn mit der **Feuerwehr** ist ein **Teil der staatlichen Ordnung** zum Dompteur übergelaufen. Und doch scheint es irgendwie gelungen zu sein, den Gewalttäter zu fangen (vgl. Z. 24). Aber anstatt ihn wegzusperren, übergeben die Bewohner ihm sogar **freiwillig** die Macht.

Feuerwehr als staatliches Organ

Über die Gründe dafür kann man als Leser nur spekulieren: Möglicherweise sind die Bewohner froh, **nicht mehr selbstständig denken** zu müssen, sondern klare Befehle zu erhalten. Die **Sehnsucht nach geregelten Verhältnissen**, nach „Ruhe und Ordnung" (Z. 25) scheint größer zu sein als das Verlangen nach persönlicher Freiheit. Gewalt und Erniedrigungen werden in Kauf genommen, die **Folgen einer solchen Unterwerfung** vielleicht **unterschätzt**.

mögliche Gründe für das Verhalten der Bewohner

Die **„Machtergreifung von Adolf Hitler"** kann als historisches Beispiel für ein solches Vorgehen stehen. Dazu passen das Auftreten des Dompteurs und seine militärischen Attribute: z. B. seine hohen schwarzen Stiefel (vgl. Z. 9), die von Soldaten, insbesondere auch

Parallelen zur „Machtergreifung" der Nazis

von Nationalsozialisten getragen wurden. Gewalt und Einschüchterung gehörten schon immer zur Taktik der Nationalsozialisten, die dann sogar **legitim an die Regierung** gekommen sind – eine auffällige **Parallele zum Dompteur**, der schließlich zum Bürgermeister gemacht wird (vgl. Z. 24 f.). Wie die Menschen mit dem Hitlergruß ihre Zugehörigkeit zum NS-Regime verdeutlicht haben, so vollführen die Bewohner in „Zirkuswesen“ Kunststücke, um ihren Gehorsam unter Beweis zu stellen.

Gesten als Zeichen der politischen Gesinnung

Das Aufblühen des Zirkuswesens könnte auch als Bild für die **Verbreitung radikaler Religionen oder Sekten** stehen. Der blinde Gehorsam, das Anbeten eines Religionsführers, das Ausschalten von selbstständigem Denken und die Vertreibung von vermeintlich Ungläubigen ist typisch für **fanatische Extremisten**.

weitere Lesarten der Parabel

Die Parabel „Zirkuswesen“ zeigt, wie sich eine Diktatur auf die Menschen auswirkt – bis hin zu Gesten, Körperhaltung, Sprache und Privatleben. Sie zeichnet ein **düsteres, hoffnungsloses Bild einer unmündigen Gesellschaft**, die sich nicht oder nicht rechtzeitig wehrt und sich schließlich sogar freiwillig unterwirft.

Fazit

Thema des Vortrags Lyrik

Aufgabenstellung

1 Interpretieren Sie Heyms „Die Stadt“ unter besonderer Berücksichtigung der sprachlich-formalen Gestaltung.

2 Vergleichen Sie Heyms „Die Stadt“ mit Morgensterns „Berlin“ im Hinblick auf das Motiv Stadt.

M 1 Georg Heym: Die Stadt (1911)

Sehr weit ist diese Nacht. Und Wolkenschein
Zerreißet vor des Mondes Untergang.
Und tausend Fenster stehn die Nacht entlang
Und blinzeln mit den Lidern, rot und klein.

Wie Aderwerk gehn Straßen durch die Stadt,
Unzählig Menschen schwemmen aus und ein.
Und ewig stumpfer Ton von stumpfem Sein
Eintönig kommt heraus in Stille matt.

Gebären, Tod, gewirktes Einerlei,
Lallen der Wehen, langer Sterbeschrei,
Im blinden Wechsel geht es dumpf vorbei.

Und Schein und Feuer, Fackeln rot und Brand,
Die drohn im Weiten mit gezückter Hand
Und scheinen hoch von dunkler Wolkenwand.

Quelle: Heym, Georg: Die Stadt. In: Schneider, Karl Ludwig (Hrsg.): Dichtungen und Schriften. Band 1: Lyrik. Ellermann 1964, Hamburg, S. 452.

M 2 Christian Morgenstern: Berlin (1906)

Ich liebe dich bei Nebel und bei Nacht,
wenn deine Linien ineinander schwimmen, –
zumal bei Nacht, wenn deine Fenster glimmen
und Menschheit dein Gestein lebendig macht.

Was wüst am Tag, wird rätselvoll im Dunkel;
wie Seelenburgen stehn sie mystisch da,
die Häuserreihn, mit ihrem Lichtgefunkel;
und Einheit ahnt, wer sonst nur Vielheit sah.

Der letzte Glanz erlischt in blinden Scheiben;
in seine Schachteln liegt ein Spiel geräumt;
gebändigt ruht ein ungestümes Treiben,
und heilig wird, was so voll Schicksal träumt.

Quelle: Morgenstern, Christian: Berlin. In: Wende, Waltraud (Hrsg.): Großstadtlyrik. Stuttgart: Reclam 1999, S. 73–74.

Lösungsvorschlag

TIPP *Bearbeitungshinweise*

Teilaufgabe 1: Sie werden dazu aufgefordert, Georg Heyms Gedicht „Die Stadt" zu interpretieren und dabei besonderes Augenmerk auf die **sprachlich-formale Gestaltung** zu richten. Lesen Sie Heyms Text konzentriert, gliedern Sie ihn in Sinnabschnitte und erarbeiten Sie eine **Deutungshypothese**, die möglichst kurz auf den Punkt bringt, wie Sie den Text verstehen. Das **Entstehungsjahr**, aber auch Ihr ggf. vorhandenes **Vorwissen über den Autor** können bei der Texterschließung eine wertvolle Hilfe sein.
Widmen Sie sich anschließend der sprachlich-formalen Gestaltung des Gedichts. Untersuchen Sie also seine strophische Struktur und analysieren Sie Reimschema, Metrum und Kadenzen. Sie sollten außerdem nach sprachlich-rhetorischen Stilmitteln suchen, nach regelmäßigen Gestaltungsmustern, aber auch nach Störungen dieser Muster. Sie müssen jederzeit darauf achten, **formale Befunde mit inhaltlichen** zu **verknüpfen**, gemäß dem Prinzip: Der Inhalt diktiert die Form bzw. die Form unterstützt den Inhalt.
Gestalten Sie Ihren Vortrag übersichtlich, indem Sie z. B. mit Überleitungen arbeiten, die Ihren Zuhörern die Struktur Ihrer Präsentation transparent machen. In einem abschließenden **Fazit** sollten Sie Ihre Erkenntnisse zusammenfassen.

Teilaufgabe 2: Hier sollen Sie Georg Heyms zuvor ausführlich analysierten Text „Die Stadt" mit Christian Morgensterns Gedicht „Berlin" vergleichen. Sie sollen sich dabei auf das **Motiv Stadt als Vergleichsaspekt** beschränken, weshalb die Bearbeitung dieser Aufgabe knapp ausfallen darf, eine ausführliche Analyse wird nicht erwartet.
Nach Ihrer intensiven Auseinandersetzung mit Heym werden Sie an Morgenstern zwangsläufig mit einer bestimmten Erwartungshaltung herantreten. Bringen Sie diese bewusst zum Tragen, wenn Sie „Berlin" zum ersten Mal lesen: Fühlt sich der Text ähnlich oder anders an? Woran liegt dies? Wo überschneiden sich die Texte, wo weichen sie voneinander ab? Lassen sich **wiederkehrende Motive** finden? Wie werden diese Motive jeweils ausgestaltet?
Verleihen Sie Ihrer Gegenüberstellung Struktur, indem Sie sie **nach Motiven und Beobachtungsaspekten organisieren**, z. B.: Welche Rolle spielt der Mensch in Heyms „Die Stadt", welche in Morgensterns „Berlin"? Wie wird die Stadt jeweils bewertet? Schließen Sie mit einem **Resümee**.

Mögliche Fragen als Überleitung zum Prüfungsgespräch:

- Inwiefern würden Sie der Aussage zustimmen, dass Heyms „Berlin" ein typischer Text seiner Zeit ist?
- Sie haben in Ihrem Vortrag beschrieben, wie Heym teilweise von der üblichen Form des Sonetts abweicht. Fallen Ihnen weitere Autoren, Strömungen oder Texte ein, die ebenfalls mit literarischen Traditionen gebrochen haben?

Mir wurden die Gedichte „Die Stadt“ von Georg Heym aus dem Jahr 1911 und Christian Morgensterns „Berlin“ von 1906 vorgelegt. Zunächst werde ich Ersteres analysieren und interpretieren. Anschließend werde ich beide Texte im Hinblick auf das Motiv Stadt miteinander vergleichen.

Einleitung

Heyms Gedicht beschreibt eine dem **Untergang** geweihte Stadt als monströsen Organismus, der sich Menschen einverleibt, um sich selbst am Leben zu erhalten. Die Menschen werden dabei gleichzeitig **ihrer Individualität beraubt**.

Teilaufgabe 1: Interpretation von Heyms „Die Stadt“

Der inhaltliche Aufbau des Textes ähnelt einer **Kamerafahrt:** Im ersten Sinnabschnitt, Strophe 1, wird die titelgebende Stadt bei Nacht zunächst aus der Ferne betrachtet. Im zweiten Sinnabschnitt, Strophen 2 und 3, nähert sich der lyrische Sprecher dieser Stadt, blickt auf sie hinunter und beschreibt das eintönige und anonyme Leben in dieser Stadt. Im dritten und letzten Sinnabschnitt, Strophe 4, richtet sich der Blick schließlich wieder auf die Ferne, aus der **Unheil** droht.

Gliederung in Sinnabschnitte

Als Nächstes möchte ich die äußere Form von „Die Stadt“ beschreiben. Es ist ein **Sonett**, da es aus zwei Quartetten und zwei Terzetten besteht. Gereimt wird über die Endsilben. Während die Quartette von umarmenden Reimen geprägt sind, wird in den beiden Terzetten auf **Haufenreime** gesetzt, die für diese Gedichtform untypisch sind. Die Kadenzen sind durchgehend männlich und erzeugen einen **stumpfen, harten Klang**. Einige Enjambements und Aufzählungen verleihen dem Text einen **dynamischen, ruhelosen Charakter**.

äußere Form und Besonderheiten

Eine weitere Auffälligkeit erkenne ich in den Versen 6, 8 und 10, wo vom ansonsten regelmäßigen fünfhebigen Jambus abgewichen wird: Hier lassen sich **Tonbeugungen** jeweils auf den ersten beiden Silben feststellen, die von der natürlichen Betonung der betreffenden Begriffe erzwungen werden. Insgesamt setzt Heym die Formschönheit des Sonetts zu weiten Teilen um. Die beschriebenen **Störungen der Form** sind meiner Meinung nach bewusst im Gedicht eingebaut, denn die Stadt ist keineswegs schön: Ihre Hässlichkeit steht im Gegensatz zur Schönheit des Sonetts und wird durch diese Störungen noch deutlicher herausgestellt. Dementsprechend düster sind das verwendete Vokabular und der eingesetzte **Farbkatalog:** Schwarz steht hier für Tod, Rot für Leben, aber auch für Zerstörung.

Bruch in der Metrik

Farbmetaphorik

Nun möchte ich die einzelnen Strophen genauer in Augenschein nehmen. Die erste Strophe erzeugt eine **unheilvolle Stimmung**: Die Nacht ist „sehr weit“ (V. 1), also bereits deutlich fortgeschritten, und der **untergehende Mond** scheint durch die Wolkenbänder hindurch.

erste Strophe: nächtliche Szenerie

Diese sehen dadurch aus, als würden sie vom Licht des Mondes gewaltvoll zerrissen (vgl. V. 1 f.). So wird eine **Drohkulisse** aufgebaut, in die die titelgebende Stadt eingebettet ist. Von diesem schauerlichen Naturschauspiel wechselt der Blick nun zur Stadt, deren gewaltige Größe durch die Phrase „tausend Fenster" beschrieben wird (V. 3). Diese Fenster werden im folgenden Vers mittels der **Personifikation** „blinzeln mit den Lidern, rot und klein" (V. 4) als müde Augen einer riesigen Kreatur dargestellt. Hier kündigt sich meiner Meinung nach bereits das **Verschwinden des Einzelnen in der Masse** an, das in den beiden folgenden Strophen zum **Leitmotiv** wird.

aggressive Bildsprache

Entindividualisierung

Ein Vergleich der „Straßen durch die Stadt" mit einem „Aderwerk" (V. 5) **degradiert ihre Bewohner zu bloßen Nährstoffen**, die im städtischen Lebenskreislauf zirkulieren. Die in diesem Zusammenhang verwendete Hyperbel „unzählig" (V. 6) drückt aus, dass es sich dabei um eine **große Menschenmenge** handelt. Das Verb „schwemmen" (V. 6), das diese Zirkulation beschreibt, erinnert mich an die Wellenbewegung großer Wassermassen. Die Verwendung dieses Verbs legt für mich nahe, dass die Bewohner nur passiv sind und **vom Puls der Stadt mitgerissen** werden. Der Organismus mit den tausend Augen zehrt von ihrer Lebenskraft und entmenschlicht sie.

zweite Strophe: die lebendige Stadt

Ausgeliefertsein der Bewohner

Dieser Vorgang wird als „ewig" (V. 7), also **unaufhörlich** beschrieben. Die Repetitio in „stumpfer Ton von stumpfem Sein" (V. 7) charakterisiert das Stadtleben als **trist und monoton**. Dies wird verstärkt durch das Adverb „[e]intönig" (V. 8), das ich durch seine Initialstellung und durch seine **von der Metrik abweichende Betonung** besonders hervorgehoben sehe.

gleichbleibende Abläufe

Der monotone städtische Lebenskreislauf wird durch den Aufzählungscharakter der Verse 9 und 10 sowie den Haufenreim in den Versen 9, 10 und 11 noch eindringlicher dargestellt. „Gebären" (V. 9), also die Geburt neuen Lebens, und „Tod" (V. 9) finden **in unablässigem Wechsel** statt – genauso wie das „Lallen der Wehen" (V. 10), das ich als die undeutlich artikulierten Laute einer gebärenden Frau verstehe, und der „Sterbeschrei" (V. 10) eines dahinscheidenden Menschen abwechselnd zu vernehmen sind.

dritte Strophe: Form = Inhalt

Interessant finde ich, dass dieser unendliche Zyklus als „blin[d]" und „dumpf" (V. 11) bezeichnet wird: **Momente großen Glücks und tiefer Trauer** scheinen weder gesehen noch gehört, also **weder wahrgenommen noch gefühlt** zu werden. Sie lassen den Lebenskreislauf der Stadt unbeeindruckt. Deren Herz schlägt indessen unbarmherzig weiter. Die Tonbeugung auf „Lallen" (V. 10), die das

kein Raum für Gefühlsregungen

ansonsten regelmäßige, fast schon **einförmige, herzschlagartige Metrum** kaum stört, bestätigt diese Lesart in meinen Augen.

In der vierten und letzten Strophe richtet sich der Blick erneut auf die Ferne. „Schein und Feuer, Fackeln rot und Brand“ (V. 12) sind eine unheilvoll anmutende Beschreibung der **mittlerweile aufgehenden Sonne**. Sie kündigt eine sich nähernde **Bedrohung** an, die durch die „gezückt[e] [,] [also drohend erhobene] Hand“ (V. 13) unmissverständlich zum Ausdruck gebracht wird. Die Wolken bilden indes eine hohe und dunkle Wand (vgl. V. 14), eine undurchdringlich erscheinende Mauer, welche die **Unentrinnbarkeit dieser Gefahr** verdeutlicht. Es scheint mir gewiss, dass die Stadt und die Menschen darin ihrer **Vernichtung** entgegensehen.

vierte Strophe: herannahende Gefahr

Aufgrund des Entstehungsjahrs des Gedichts halte ich es für denkbar, dass mit dieser Strophe auf die schwelenden europäischen Konflikte vor dem Ausbruch des **Ersten Weltkriegs** angespielt wird. Diesen sah Heym womöglich kommen. Diese Katastrophe scheint mir in Strophe 4 schließlich Wirklichkeit zu werden, wo der **Sonnenaufgang in martialischen Bildern** gezeichnet wird.

mögliche Aussageabsicht von Heym

In diesem Zusammenhang ist es für mich auch kein Zufall, dass Heym die Form des Sonetts gewählt hat, das sich im europäischen Raum vor allem im Barock großer Beliebtheit erfreut hat. Prägende Motive dieser Epoche waren „**vanitas**“ und „**memento mori**“, die die Nichtigkeit und Vergänglichkeit alles Seienden behandeln. Ich denke, Heym wollte sein Gedicht in diese literarische Tradition einreihen, um bei den Lesern gezielt **Assoziationen zum Barock** heraufzubeschwören.

Fazit:
Heyms Spiel mit barocken Motiven

Ich werde nun das Gedicht „Berlin“ von Christian Morgenstern hinzuziehen und es mit Heyms Text im Hinblick auf das Motiv „Stadt“ vergleichen. Schon beim ersten Lesen ist mir aufgefallen, dass sich in „Berlin“ Aspekte wiederfinden, auf die ich bereits in Heyms Gedicht gestoßen bin: z. B. die **Stadt bei Nacht** und ihre **Bewohner als Lebensspender**. Morgenstern offenbart aber eine gegensätzliche Grundhaltung. Sein Gedicht wirkt auf mich wie eine regelrechte **Antithese zu „Die Stadt“.**

Teilaufgabe 2:
Vergleich mit Morgensterns „Berlin“

gemeinsame Motive

Bei Heym ist die Nacht der Zeitpunkt, zu dem die Stadt sich als **Ungeheuer mit tausend Augen** zu erkennen gibt. Sie verleibt sich ihre Bewohner ein, um von deren Lebenskraft zu zehren. Die Stadt ist hier ein albtraumhafter, ruheloser, dem Untergang geweihter Ort des ewigen sinnlosen Werdens und Vergehens. Heyms Text wirkt auf mich **düster** und **hoffnungslos**. Dazu passt, dass Heym der Stadt in seinem Gedicht keinen Namen gibt. Sein Gedicht soll sich **auf jede**

Heyms Stadt als Sinnbild des Untergangs

größere Stadt beziehen lassen und damit jeden Leser gleichermaßen ansprechen.

Morgensterns Gedicht als Huldigung an Berlin

Morgenstern hingegen hat in meinen Augen eine waschechte **Liebeserklärung an eine tatsächlich existierende Stadt** geschrieben. Die ersten drei Worte des lyrischen Ichs sind so einfach wie schön: „Ich liebe dich" (V. 1). Es bekennt seine große Zuneigung zu Berlin, der deutschen Großstadt schlechthin, die hier sogar **direkt angesprochen** wird. Zwar räumt das lyrische Ich ein, dass es „wüst am Tag" (V. 5) sei. Doch offenbare Berlin in der Nacht, die in Heyms Text noch ein Unheilbringer war, eine **harmonische „Einheit"**, wo man tags nur eine chaotisch anmutende „Vielheit" (V. 8) sehe.

nächtliches Berlin als geschützter Ort

Auch in Morgensterns Text verrät die Stadt also **nachts ihr wahres Wesen**. Nur ist sie hier kein menschenvernichtendes Monstrum wie bei Heym. Stattdessen beschreibt das lyrische Ich sie als einen „mystisch[en]" Ort (V. 6), den es durch das Adjektiv „heilig" (V. 12) noch zusätzlich **religiös auflädt**. Morgenstern könnte damit andeuten wollen, dass die Stadt Berlin sogar unter dem Schutz von höheren Mächten steht.

harmonisches Miteinander

Das Verhältnis zwischen Stadt und Mensch ist in Morgensterns Gedicht ein **symbiotisches:** Die Stadt erhellt die Dunkelheit mit „Lichtgefunkel" (V. 7) und bringt **Ordnung in die Unordnung**. Sie „[b]ändigt […] ein ungestümes Treiben" (V. 11) und ist nachts ein Ort der **Geborgenheit** – anders als in Heyms Gedicht. Dies drückt sich für mich besonders in dem Satz „in seine Schachteln liegt ein Spiel geräumt" (V. 10) aus: Die Menschen verbringen also gesellige Stunden miteinander. Im Gegenzug wird die **Stadt von der Vitalität ihrer Bewohner geradezu beseelt:** Sie machen „[ihr] Gestein lebendig" (V. 4) und „Häuserreihn" (V. 7) werden zu „Seelenburgen" (V. 6).

wechselseitige Beeinflussung

Fazit

Insgesamt hat sich für mich gezeigt, dass Heym und Morgenstern zwar auf **ähnliche Motive** zurückgreifen, ihre **unterschiedlichen Haltungen zum Thema Stadt** aber sehr gegensätzliche Gedichte hervorgebracht haben – in inhaltlicher und formaler Hinsicht. Bei Heym ist die Stadt ein düsterer, hoffnungsloser Ort, bei Morgenstern ein einladender, voller „Lichtgefunkel" (V. 7), „Glanz" (V. 9) und Harmonie.

Thema des Vortrags Sprache

Aufgabenstellung

1 Fassen Sie die Argumentation des Zeitungsartikels kurz zusammen.

2 Erläutern Sie die Sapir-Whorf-Hypothese, auf die der Artikel sich bezieht (vgl. Z. 11 ff.).

3 Diskutieren Sie ausgehend vom vorliegenden Text, inwieweit diese These Gültigkeit beanspruchen kann.

M Frank Stocker: Muttersprache entscheidet über den Kontostand

Engländer und Amerikaner verschulden sich gerne, am Sparen haben sie keine große Freude. Ganz anders dagegen die Deutschen, aber beispielsweise auch die Chinesen: Sie sind die Sparweltmeister und versuchen, Schulden zu vermeiden. Das sind bekannte Fakten. Doch nach wie vor unbeantwortet ist die Frage, woran das liegt: Geschichte? Tradition? Wirtschaftsstruktur?

Derzeit gewinnt eine ganz andere Theorie Anhänger. Demnach könnte die Muttersprache darüber entscheiden, ob jemand eher zum Sparen oder zum Schuldenmachen neigt. Die grammatischen Strukturen seien entscheidend dafür, wie ein Sprecher auf die Welt blickt, und würden so letztlich auch sein ökonomisches Verhalten bestimmen, so die These. […]

Die zugrunde liegende Annahme, dass die Sprache auf Denken und Handeln der Menschen wirkt, ist dabei so alt wie umstritten. Schon Wilhelm von Humboldt formulierte entsprechende Gedanken. Bekannt ist die Theorie in der Linguistik seit den 50er-Jahren jedoch vor allem als sogenannte Sapir-Whorf-Hypothese […]. Der Ökonom Keith Chen von der Yale Universität hat die Idee aufgenommen und auf die Wirtschaftstheorie übertragen. Getrieben worden ist er dabei von seinen eigenen Erfahrungen als Sohn chinesischer Einwanderer, der in den USA aufgewachsen ist und somit in zwei Sprachwelten lebt. Besonders angetan hat es ihm dabei der unterschiedliche Blick der Sprachen auf die Zukunft.

Denn will Chen auf Englisch ausdrücken, dass er am kommenden Tag nach Berlin fährt, so sagt er: „Tomorrow I will go to Berlin." Auf Chinesisch dagegen sagt er: „Mingtian wo qu Bolin", wörtlich übersetzt: „Morgen ich gehen Berlin." Der wesentliche Unterschied ist, dass Chinesen keine Zukunftsform für das Verb benutzen. Die

Tatsache, dass die Handlung in der Zukunft stattfindet, wird nur aus dem Wort „morgen" ersichtlich.

Das ist genau wie im Deutschen: „Morgen fahre ich nach Berlin." Zwar könnte man auch sagen „Morgen werde ich nach Berlin fahren", doch dies ist eher unüblich. Normalerweise sprechen Deutsche über die Zukunft, indem sie grammatikalisch in der Gegenwart bleiben – genau wie Chinesen, aber auch wie Schweden oder Finnen, Japaner oder Niederländer, Esten oder Norweger.

Hierin liegt für Chen der Grund für das unterschiedliche Sparverhalten: Immer wenn jemand im Englischen oder einer anderen Sprache mit dominanter Futurform über die Zukunft spricht, müsse er die künftigen Geschehnisse gedanklich klar von der Gegenwart trennen. „Der Unterschied zwischen Gegenwart und Zukunft fühlt sich stärker an", sagt er. „Und das macht es schwerer zu sparen." Denn der Vorteil, der sich aus Erspartem in der Zukunft ergibt, fühlt sich ferner an.

Das klingt zunächst recht seltsam, auch Chen selbst nennt es eine „fantasievolle Theorie" – untermauert sie aber gleichzeitig mit Zahlen. So hat er die Sparraten in den OECD-Ländern daraufhin untersucht, welche Sprache im jeweiligen Land vorherrscht. Das Ergebnis: Im Durchschnitt sparen Menschen, die in der Gegenwartsform über die Zukunft sprechen, fünf Prozent mehr als die anderen. Aber damit nicht genug: Chen hat in einem weiteren Schritt Länder ausgewählt, in denen Sprachen beider Art gesprochen werden, beispielsweise die Schweiz (Deutsch vs. Französisch und Italienisch), Belgien (Flämisch vs. Französisch) oder Malaysia (Chinesisch vs. Malaiisch). Sodann hat er einzelne Personen aus einer Sprachgruppe Menschen aus der anderen Sprachgruppe gegenübergestellt und dabei darauf geachtet, dass diese jeweils in ähnlichen wirtschaftlichen Verhältnissen leben. „Bei jenen, die eine Sprache ohne Futurform sprechen, ist die Wahrscheinlichkeit 30 Prozent höher, dass sie Geld sparen", beschreibt er das Ergebnis. „Und wenn sie in Rente gehen, sind ihre Ersparnisse im Schnitt 25 Prozent höher als bei den Sprechern einer Sprache mit Futurform." Wohlgemerkt: Es handelt sich um Menschen, die im gleichen Land leben, vielleicht sogar Tür an Tür, und sich einzig und allein durch die zu Hause gesprochene Sprache unterscheiden. […]

Die These, dass die Sprache über die Finanzen entscheidet, scheint also durch allerlei Zahlen und Statistiken gut untermauert zu sein. Und doch erscheint sie vielen nach wie vor seltsam. Doch wer weiß, vielleicht zeigt sich der Effekt ja bald auch statistisch überprüfbar anderswo: In den Bilanzen jener deutschen Firmen, die intern zunehmend auf Englisch kommunizieren. Noch gibt es dazu allerdings keine Untersuchung.

Quelle: Frank Stocker: Muttersprache entscheidet über den Kontostand. © Axel Springer SE / Die Welt 28. 03. 2015, https://www.welt.de/print/die_welt/finanzen/article138869040/Muttersprache-entscheidet-ueber-den-Kontostand.html

Lösungsvorschlag

TIPP *Bearbeitungshinweise*

Die Aufgabenstellung nimmt einen aktuellen Zeitungstext als Anlass (Teilaufgabe 1), um einen allgemeineren sprachtheoretischen Gegenstand zu fokussieren (Teilaufgabe 2) und diesen zu diskutieren (Teilaufgabe 3). Auch wenn die Aufgabenstellung keine Gewichtung angibt, sollte der **Schwerpunkt** der Ausführungen **auf Teilaufgabe 3** liegen.

Teilaufgabe 1: Hier sollen Sie die Argumentation, d. h. den **Begründungszusammenhang des Textes** kurz und klar darstellen. Dazu müssen Sie die **Kernthese** zutreffend benennen und die wesentlichen **Begründungen in ihrer logischen Verbindung darstellen**. Es geht also nicht einfach um eine reine Inhaltsangabe des Textes.

Teilaufgabe 2: Der Operator „erläutern" verlangt, die wesentlichen Aussagen der Sapir-Whorf-Hypothese in ihrem inneren Zusammenhang wiederzugeben, sie exemplarisch zu verdeutlichen und Konsequenzen abzuleiten. Wichtige **Grundbegriffe** sollten geklärt werden. Zur Verdeutlichung kann auf den Text zurückgegriffen werden, Sie sollten aber auch ein eigenes Beispiel anführen.

Teilaufgabe 3: Die Aufgabe verlangt ein **Problematisieren der These.** Dazu kann man auch unterschiedliche Interpretationen der These unterscheiden (z. B. Spektrum von einer Korrelation von Sprache und Denken bis hin zu einem sprachlichen Determinismus). Die Diskussion soll **dialektisch** erfolgen. Eine mündliche Diskussion ist etwas freier als eine schriftliche Erörterung, sie sollte gleichwohl **im Aufbau klar** sein. Führen Sie Ihre Argumente präzise, plausibel und differenziert aus. Beziehen Sie **eigenes Fach- und Weltwissen** ein. Soweit noch nicht geschehen, sollten relevante Begriffe geklärt und für die Argumentation herangezogen werden, hier z. B. die Unterscheidung von Wort (als Zeichen) und Begriff oder die Frage, was genau mit Denken gemeint ist und inwiefern es unabhängig von Sprache zugänglich ist. Die Argumentation sollte in einem **Fazit** zu einem klaren und differenzierten Ergebnis kommen. Dieses kann die Frage nach dem Inwieweit beantworten. Es kann aber auch darin bestehen, begründet festzustellen, dass Sie die Frage nicht beantworten können (z. B. wegen fehlender Voraussetzungen).

Verschiedene Argumentationsstrategien sind denkbar:

- Man kann die **Begründungen**, die für die Hypothese angeführt werden, **auf ihre Plausibilität prüfen**. Hier kommt insbesondere die Frage ins Spiel, welche Bedingungen eigentlich erfüllt sein müssen, wenn man in der Forschung eine solche These durch Beobachtungen stützen oder widerlegen möchte.
- Man kann überlegen, welche **Konsequenzen** die Hypothese hat. Wenn diese Konsequenzen offenkundig wenig plausibel sind, spricht dies gegen die These.
- Sie können ebenfalls fragen, was denn das **Gegenteil der These** wäre. Wenn es sich widerlegen lässt, dann spricht das für die These.

- Schließlich ist es auch denkbar, die **Voraussetzungen zu prüfen**, die in die These eingehen, indem man z. B. verschiedene Möglichkeiten des Verhältnisses von Sprechen und Denken durchspielt und die These dadurch klärt.

Die folgenden **Informationen zur Sapir-Whorf-Hypothese** helfen Ihnen bei der vorliegenden Aufgabenstellung:

- **Grundaussage** der Sapir-Whorf-Hypothese (sprachliches Relativitätsprinzip): Sprache und ihre Grammatik prägen die Wahrnehmung der Welt. Damit determiniert die Sprache das Denken.
- **Beispiele** bei Whorf: (angeblich) tempuslose Verben in der Sprache der Hopi-Indianer, verschiedene Bezeichnungen für Schnee bei den Inuit, unterschiedliche Begriffe für Farben in verschiedenen Sprachen
- Die Denotationen von Wörtern mit gleichem Bedeutungskern variieren zwischen den Sprachen. Die Konnotationen unterscheiden sich zwischen verschiedenen Sprachen deutlich.
- **Kritik** an der Sapir-Whorf-Hypothese:
  - Der starke Determinismus wird von Whorf nur behauptet, indem er von der Sprachform auf die Denkform schließt.
  - Das Beispiel einer tempuslosen Sprache bei den Hopi ist widerlegt.
  - Eine Korrelation zwischen Sprache und Denken impliziert noch keine Kausalität. Denkbar ist auch eine umgekehrte Verursachung: Unterschiedliche Lebens- und Umweltbedingungen führen zu Unterschieden in der Ausprägung kognitiver Konzepte. Diese ziehen unterschiedliche Ausprägungen der Sprache nach sich.
  - Es sind verschiedene Grade der Wechselwirkung von Sprache und Denken denkbar – bis hin zu der These, dass Sprache eine universale menschliche Fähigkeit ist und damit zunächst gar keine Unterschiede der Weltsicht bedingt.
- **Grundproblem:** Inwiefern kann man überhaupt unabhängig von sprachlichen Phänomenen vom Denken sprechen? These: Jede Vorstellung vom Denken ist immer schon an sprachliche Äußerungen gebunden.

Mögliche Fragen als Überleitung zum Prüfungsgespräch:

- Man könnte ausgehend von der Sapir-Whorf-Hypothese behaupten, dass eigentlich nur ein vergleichender Linguist, der viele Sprachen und ihre Grammatik kennt, sich einer objektiven Erkenntnis annähern kann. Beurteilen Sie diese These.
- Erläutern Sie, ob aus Ihrer Sicht eine Untersuchung der kognitiven Leistungen von Gehörlosen die Gültigkeit der Sapir-Whorf-Hypothese widerlegen könnte.
- Man kann die Sprache als eine Ordnung von Zeichen auffassen. Erklären Sie, was man unter einem Zeichen versteht, und erläutern Sie, auf welche Aspekte des Zeichens sich die Sapir-Whorf-Hypothese bezieht.

Einleitung:

Geld sagt viel über unsere Wahrnehmung der Welt! Wer bei diesem Satz sogleich an eine kulturkritische Klage über eine Durchökonomisierung aller Werte denkt, an ein resignatives „Geld regiert die Welt", mag im Allgemeinen vielleicht recht haben – mir geht es hier um einen ganz anderen **Zusammenhang von Geld und Welt**, einen Zusammenhang, der mit der Sprache zu tun hat. Diesen Zusammenhang schildert Frank Stocker in seinem Artikel **„Muttersprache entscheidet über den Kontostand"**, der 2015 in der Zeitung „Die Welt" erschienen ist.

Geld und Sprache

Teilaufgabe 1: Zusammenfassung der Argumentation

Der Text vertritt die These, dass die **Muttersprache darüber entscheide, ob Menschen zum Sparen neigen oder nicht** (vgl. Z. 6 ff.). Genauer: Menschen, die eine Sprache mit einer dominanten, d. h. zwingenden **Futurform** sprechen, sparen weniger als Menschen, in deren Muttersprache die Zukunft mittels des Präsens thematisiert werden kann. Begründet wird dies mit Verweis auf **Studien des Ökonomen Keith Chen**. Dieser führt eine Korrelation zwischen der Sparrate und der Muttersprache für alle OECD-Länder und für Länder mit zweisprachiger Bevölkerung bei sonst gleichen Lebensbedingungen an (vgl. Z. 41 ff.). Chen begründe diese Beobachtung damit, dass die Futurform zu einer deutlicheren gedanklichen **Trennung der Zukunft von der Gegenwart** zwinge. Dies führe dazu, dass sich der Sparerfolg in der Zukunft ferner anfühle (vgl. Z. 31 ff.). Dieser Umstand bestätige die Sapir-Whorf-Hypothese.

These von Keith Chen

Teilaufgabe 2: Erläuterung der Sapir-Whorf-Hypothese

Die Sapir-Whorf-Hypothese besagt, dass die **Sprache** durch ihre semantischen und grammatikalischen Möglichkeiten das **Denken und die Wahrnehmung der Sprecher determiniere**. Dies bezeichnet Whorf auch als **sprachliches Relativitätsprinzip**. Er schließt damit an Humboldts These an, wonach jede Sprache eine „Weltansicht" impliziere. Die Sprache prägt die Weltsicht – die Welt ist für Whorf kein vom Beobachter unabhängiger Raum von Objekten, sondern immer schon vom Betrachter konstruiert. Die Sapir-Whorf-Hypothese gehört damit erkenntnistheoretisch in den Bereich des Konstruktivismus. D. h. die These behauptet nicht nur, dass Sprache ein wichtiges Ausdrucksmittel oder ein **Werkzeug des Denkens** ist, sondern dass die konkreten grammatikalischen und lexikalischen Strukturen einer bestimmten Sprache das **Denken determinieren** – eine sehr weitgehende Behauptung.

Einfluss der Sprache auf das Denken

Whorf führt als Beispiel die **Grammatik der Hopi-Indianer** an, die keine Tempusformen und keinen Plural für Bezeichnungen von Zeiträumen wie etwa „Tag" kenne. Daraus schließt er, dass die Hopi über **keine Vorstellung der physikalischen Zeit** verfügten.

Whorfs Beispiel: Hopi-Indianer

Diese **Begründung ist inzwischen widerlegt:** Die Hopi haben durchaus grammatikalische Möglichkeiten, Zeiten und Zeitverhältnisse auszudrücken. Diese Möglichkeiten unterscheiden sich allerdings von denen z. B. der indogermanischen Sprachen deutlich.

Teilaufgabe 3: Diskussion über Gültigkeit der These

Gleichwohl ist durch ein falsches Beispiel natürlich noch nicht die allgemeine These widerlegt. Es ist hilfreich, ein weiteres Beispiel zu betrachten. Die Inuit etwa verfügen für Schnee über ein viel differenzierteres Begriffsrepertoire, als es etwa das Deutsche hat. Dieses Beispiel unterscheidet sich vom vorher genannten dadurch, dass hier weniger die Grammatik eine Rolle spielt, sondern der Wortschatz, die **Lexik**. Es ist sicher richtig, dass eine differenzierte Begrifflichkeit die **Differenziertheit der Wahrnehmung** unterstützt – ein wenig nach dem alten Reiseführer-Motto „Man sieht nur, was man weiß".

Beispiel aus dem Bereich Lexik

Hinzu kommt ein zweiter Aspekt, den man am Beispiel von Farben erläutern kann: Wo bestimmte Farben eine große Rolle spielen oder wo man sie sehr genau bezeichnen muss, wie etwa in einer Druckerei, da entwickeln sich auch sehr fein unterscheidende Bezeichnungen für Farben. Entscheidend ist dabei, dass sich hier ein Wissen bzw. eine **Sensibilität in einer ausgearbeiteten Beschreibungssprache** niederschlägt. Es ist also nicht die Sprache, die die Weltsicht prägt. In diesem Fall ist es umgekehrt: Die Lebenswelt, konkrete Umstände oder Praktiken machen bestimmte Wahrnehmungen wichtig und führen dann zu einer Differenzierung der Sprache. Die **Kausalität** läuft in diesem Fall **genau andersherum, als es Sapir und Whorf behaupten.**

weiteres Beispiel: Farben

differenzierte Sprache wegen vielfältigen Wahrnehmungen

Dies verweist auf ein **grundsätzlicheres Problem**. Dass zwischen Sprache und Denken ein Zusammenhang besteht, wird kaum jemand bestreiten. Aber eine Korrelation sagt noch nichts über **Ursache-Wirkungs-Verhältnisse**. Um die Sapir-Whorf-Hypothese wissenschaftlich belegen zu können, müsste man zwei Dinge zeigen können: erstens dass Sprecher verschiedener Sprachen anders denken und die Welt daher verschieden sehen; und zweitens dass diese Unterschiede durch die Sprache verursacht sind und nicht durch etwas anderes.

Verwechslung von Korrelation und Verursachung

Dieses Problem zeigt sich auch im vorliegenden Text: Was Keith Chen zeigt, ist eine **statistische Übereinstimmung von Grammatikstruktur und Sparverhalten** (vgl. Z. 40 f.). Diese Korrelation will er auch möglichst präzise belegen, indem er eventuelle Störfaktoren oder alternative Verbindungen mittels der Untersuchung von zweisprachigen Ländern auszuschließen versucht (vgl. Z. 41 ff.). Seine Interpretation ist, dass sich aufgrund der Verwendung des Futurs „[d]er Unterschied zwischen Gegenwart und Zukunft […] stärker an[fühle]" (Z. 34 f.) und dies wiederum zu geringerem Sparen führe.

Chens haltlose Deutung der Korrelation

Diese Deutung ist durch die Feststellung einer Korrelation aber nicht gedeckt.

Kritik an Chens Rückschlüssen auf das Sparverhalten

Die Begründung ist, nebenbei bemerkt, auch noch in anderer Hinsicht fragwürdig. Chen nimmt ja das **Futur als Ausdruck einer allgemeinen kollektiven Haltung zur Zukunft** (vgl. Z. 31 ff.). Inwiefern diese eine unmittelbare Auswirkung auf das Sparen hat und ob nicht vielmehr diese Grundeinstellung die grammatikalische Bedeutung des Futurs bedingt oder ob hier eine Wechselwirkung von Sprechen und Haltung vorliegt, all dies wäre erst noch zu prüfen.

Sparen als Akt des Denkens?

Immerhin hat Chens Untersuchung eines für sich: Er bezieht sich mit dem **Sparen** auf ein Phänomen, das man zunächst einmal für eine **Ausprägung des Denkens** halten kann, und zwar für eine, die **von der Sprache unabhängig** zu sein scheint. Dieser Umstand ist wichtig: Dass Sprechen und Denken sich getrennt voneinander beobachten lassen, ist eine unabdingbare Voraussetzung dafür, um überhaupt ein Verursachungsverhältnis beweisen zu können. Sonst gerät man unweigerlich in einen Zirkelschluss. Allerdings: Ist Sparen tatsächlich etwas, was wir mit Denken meinen, wenn wir von der Sapir-Whorf-Hypothese reden? Oder liegt der Entscheidung fürs Sparen ein **kognitiver Akt** zugrunde, der letztendlich doch irgendwie sprachlich verfasst ist?

Zweifel am Beispiel „Sparen“

Relativierung: Was bedeutet „denken“ genau?

Man könnte ja auch der Überzeugung sein, dass jede Form von Denken von vornherein an eine begriffliche Äußerung und das Treffen von Unterscheidungen gebunden ist. Dann aber wäre es sinnlos, von einer Verursachung zu sprechen, weil jedes Denken seinem Wesen nach immer schon sprachlich verfasst wäre. **Denken und Sprechen** wären **Innen- und Außenseite ein und desselben Phänomens**. Dazu müsste geklärt werden, ob Malen, Klavierspielen, Tanzen, Spazierengehen, Sägen usw. Phänomene des Denkens sind oder nur auf vorausgehende oder begleitende Denkprozesse angewiesen sind. Pointiert gefragt: **Sind alle kognitiven Prozesse Denken im Sinne der Sapir-Whorf-Hypothese?** Von der Antwort auf diese Frage hängt die Plausibilität der Sapir-Whorf-Hypothese entscheidend ab.

Handlungen als Formen des Denkens?

Sprache als allgemein menschliche Fähigkeit

Ein weiteres Argument, das man zur Relativierung der Sapir-Whorf-Hypothese anführen kann, setzt bei der Frage an, ob die **grammatikalischen Unterschiede der Sprachen tatsächlich so relevant** sind, wie dies Sapir und Whorf nahelegen. Man darf davon ausgehen, dass die Sprache etwas ist, was den Menschen als solchen auszeichnet. **Sprachfähigkeit** ist eine **grundlegende anthropologische Eigenschaft**. Das bedeutet, dass die grundlegenden Leistungen von Sprache, wie Zeichen für Sachverhalte in der Welt zu bilden und sich mittels dieser Zeichen zu verständigen, allen Sprachen gemeinsam ist. Sprachen sind nicht ganz und gar unterschiedlich, sondern haben eine **gemeinsame Logik und Struktur**.

Vor diesem Hintergrund könnte man sagen: Die zufälligen Unterschiede in der Grammatik und im Wortschatz, die sich historisch ausgebildet haben, sind **irrelevant für kognitive Operationen**. Man könnte damit der These zustimmen, dass die Sprache das Denken prägt – aber es ist nicht irgendeine konkrete Sprache, sondern die **allgemeine menschliche Sprache**, die das tut.

Ansatz einer Universalsprache

Werfen wir zum Schluss noch einen kurzen Blick auf zwei Konsequenzen, die die Sapir-Whorf-Hypothese nach sich zieht und die geeignet sind, sie infrage zu stellen. Zum einen: Wäre nicht Sparsamkeit **jeder ethischen Diskussion entzogen**, wenn man davon ausgeht, dass das Sparverhalten von der Grammatik determiniert wäre? Das würde wahrscheinlich auch Chen nicht in dieser Schärfe behaupten.

Gegenargument: Sparen als willentlicher Akt des Menschen

Zum anderen: Wenn die Sapir-Whorf-Hypothese strikt zuträfe, wären Übersetzungen zwischen verschiedenen Sprachen, ja selbst eine **Verständigung zwischen Menschen verschiedener Muttersprache unmöglich**. Denn sie lebten ja von vornherein in verschiedenen Welten und könnten sich gar nicht ohne Weiteres über deren Beschaffenheit einigen. Auch dies entspricht nicht der Erfahrung.

Gegenargument: Kommunikation über Sprachbarrieren hinweg

Summa summarum lässt sich festhalten: Nicht nur einige Begründungen für die These sind wenig stichhaltig, zumeist werden **nur Korrelationen zwischen Denken und Sprache** angeführt. Das reicht als Begründung nicht und ist geeignet, die These infrage zu stellen. Um sie sinnvoll zu diskutieren, müsste insbesondere zunächst geklärt werden, was in diesem Zusammenhang genau unter Denken zu verstehen ist. Und es müsste klar sein, ob es wirklich die konkrete Ausgestaltung einzelner Sprachen ist, die das Denken prägt, und nicht die universellen Strukturen der menschlichen Sprache.

Fazit:
unzureichende Argumentation von Chen

Baden-Württemberg ▪ Basisfach Deutsch
Mündliche Abiturprüfung ▪ Übungsreferat 10

Thema des Vortrags Kommunikation

Aufgabenstellung

1 Geben Sie die zentralen Aussagen des Textauszuges wieder.

2 Analysieren Sie die sprachliche und argumentative Gestaltung des Textes.

3 Nehmen Sie knapp Stellung zum Textinhalt.

M Stefan Kern: Ein Irrgarten hinter fünf Buchstaben

Es ist ein Dschungel. Zwei Wörter, einmal drei und einmal zwei Buchstaben. Aber dahinter verbirgt sich ein hochkomplexes Geflecht aus Geschichte, Macht, Respekt, Vertrauen, Nähe, Distanz und Höflichkeit. Es ist ein sozialer Irrgarten und jeder, der glaubt, die Sache mit dem „Sie“ und dem „Du“ verstanden zu haben, wird bald eines Besseren belehrt. Peter Walschburger von der Freien Universität Berlin spricht angesichts der Entscheidung zwischen „Du“ und „Sie“ von „unglaublich komplizierten und interessanten Verwerfungen“. Auf den Punkt brachte dieses komplizierte Geflecht der langjährige SPD-Bundestagsfraktionsvorsitzende Herbert Wehner. Auf die Frage eines Parteigenossen, ob er ihn nun duzen könne, antwortete Wehner: „Das können Sie halten, wie du willst.“

Aus der historischen Perspektive beschreiben die unterschiedlichen Anredeformen ein gesellschaftliches Machtgefälle. Oder, so sehen das die Soziologen Bettina und Lars Clausen, „Anredeformen sind Ausdruck sozialer Ungleichheit“. Für sozial Gleichgestellte habe es über Jahrhunderte keine besonderen Anredeformen gegeben. Allein im Kontext des sozialen Macht- und Ansehensgefälle entstanden spezielle sprachliche Sitten. Soziale Distanz wurde durch die grammatikalisch dritte Person sichtbar gemacht. Heißt, von oben (Adel, Klerus) nach unten wurde geerzt und von unten (gemeine Volk) nach oben geihrzt (Pluralis Majestatis). Eine Respektbekundung allein auf Basis der gottgefügten gesellschaftlichen Stellung. Mit dem Niedergang absolutistischer und feudalistischer Herrschaftsformen zugunsten demokratischer Mitbestimmungssysteme und dem Auftreten zunehmend selbstbewusster Bürger geriet diese Anrederegel unter Druck. Die Bürger forderten von der Obrigkeit eine respektvolle Anrede. Nur drei Buchstaben, aber für die damalige Zeit waren sie ein Sinnbild für eine kleine gesellschaftliche Revolution. Stünden doch jedem Menschen ein höflicher und vor allem respektvoller Umgang zu. Das ging so weit, dass Kinder ihre Eltern und die Ehepaare sich untereinander gesiezt haben. Der Soziologe Ulrich Beck erklärte das „Sie“ aus historischer Sicht zu einem Baustein für das Konzept der Unantastbarkeit der Würde des Menschen. Deshalb gilt übrigens bis heute das einseitige Duzen als Herabwürdigung und Respektlosigkeit.

In Bewegung geraten ist die Sache mit dem „Sie“ und dem „Du“ mit den 68ern. Das steife „Sie“ galt als gesellschaftlicher Beton. Dementsprechend galt das „Du“ als Symbol gegen den gesellschaftlichen Muff von 1000 Jahren. In dieser Zeit konnten die „Du“- und „Sie“-Sitten beinah politisch verortet werden. Im konservativen Lager blieb es beim „Sie“ und im Linken-Lager war das „Du“ üblich. Eine Struktur, die sich bis heute mehr oder weniger gehalten hat. Auch wenn sich dies im Zuge der Digitalisierung und amerikanischer Start-up-Kultur gerade zu verändern scheint. Otto Schrader, Chef vom Otto-Versandhandel, informierte zu Beginn dieses Jahres seine 53 000 Mitarbeiter per Mail, dass im Unternehmen nun geduzt werden solle. Desgleichen gilt auch für die 375 000 Mitarbeiter der Schwarz-Gruppe (Lidl, Kaufland). Klaus Gehring (Schwarz-Gruppe) und Schrader (Otto Konzern) glauben damit einen Kulturwandel voranzutreiben. Mehr Nähe und mehr Identifikation mit dem Unternehmen steigern die Produktivität, so die Rechnung der Chefs. Ob es so kommt, sei aber alles andere als sicher. Erst einmal, so der Prorektor der Bielefelder Fachhochschule der Diakonie Tim Hagemann, würden damit nur Formalitäten abgebaut. Weitaus entscheidender seien aber Beteiligungsmodelle, tatsächlich flachere Hierarchien und die Delegation von Verantwortung. „Sie“ und „Du“ seien nur Wörter. […]

Insgesamt, nach 68er, Dot.com und unternehmerischen „Du“-Wellen scheint das „Sie“ wieder auf dem Vormarsch zu sein. „Die Jüngeren haben heute ein viel größeres Abgrenzungsbedürfnis als die 68er“, so Walschburger von der FU Berlin. Ob das, wie er vermutet, auch eine Zunahme der Hierarchisierung bedeutet, ist jedoch strittig. Denn die Nutzung von „Du“ bedeutet ja nicht per se eine flachere Hierarchie. „Du machst was ich sage“ hört sich im Vergleich zu „Sie machen was ich sage“ im beruflichen Umfeld vielleicht sogar etwas unhöflicher an. Das „Du“ signalisiert eine Nähe, die im Gegensatz zur Familie in Unternehmen so eben doch nicht gegeben ist. Und genau diese Nähe-Simulation kann zu Irritationen und Enttäuschungen führen, die bei der „Sie“-Form so kaum aufgetreten wären. […]

Quelle: Stefan Kern: Du und Sie: Vom Irrgarten hinter fünf Buchstaben. © Schwetzinger Zeitung 16. 01. 2023.

Lösungsvorschlag

TIPP *Bearbeitungshinweise*

„Gut lesen, das heißt langsam, tief, rück- und vorsichtig, mit Hintergedanken, mit offen gelassenen Türen, mit zarten Fingern und Augen lesen." Dieses Nietzsche-Zitat bezieht sich auf alle Texte, die der oder die Leser*in durchdringen will. Also **lesen Sie langsam**! Machen Sie sich gleich beim ersten Durchgang **Notizen**. Was kommt Ihnen zum Inhalt und zur Sprache in den Sinn? Bewerten Sie Ihre Gedanken zunächst nicht, sondern schreiben Sie alle Einfälle auf. Im nächsten Schritt sollten Sie sich über den Inhalt des Artikels klarwerden. Teilen Sie den Text in **Sinnabschnitte** ein und fassen Sie jeden Abschnitt in einem Satz zusammen. Abschließend sortieren und bearbeiten Sie Ihre zuvor gesammelten Ideen.

Ihren Vortrag beginnen Sie mit einer **Einleitung**, in der Sie kurz zum Thema hinführen und die wichtigsten Informationen zum Text nennen (Titel, Autor, Erscheinungsjahr, -ort, Textart).

Teilaufgabe 1: Hier müssen Sie die vorher herausgearbeiteten Aussagen weiter ausführen, damit die **inhaltlichen Zusammenhänge** deutlich werden. Stellen Sie sich vor, dass Ihre Zuhörer*innen den Originaltext nicht kennen und Ihre Zusammenfassung dennoch verstehen sollen.

Teilaufgabe 2: Anschließend richten Sie Ihren Blick auf das **Wie**. Mit welchen **sprachlichen Mitteln** möchte der Autor die Leserschaft von seinen Aussagen überzeugen? Alles, was nicht wörtlich gemeint ist, ruft beabsichtigte **Assoziationen** hervor. Welche Stimmung erzeugen die Bilder? „Irrgarten" und „Dschungel" verdeutlichen beispielsweise die durch die Anredepronomina gestiftete Verwirrung. Wie stärkt und **stützt** der Autor seine **Argumente**? Für den vorliegenden Text hat er offenbar viel recherchiert. Es kommen zahlreiche Zitate und Belege von Wissenschaftler*innen vor. Die Expert*innen treffen kurz und knapp den Kern der Aussage. Sie sind Autoritäten auf ihrem Gebiet – und daher glaubwürdig.

Teilaufgabe 3: Für Ihre **eigene Stellungnahme** beschränken Sie sich auf einige markante Aussagen. Bauen Sie darin Aspekte und Argumente ein, die nicht bereits im Text erwähnt sind. Die Schwierigkeit liegt darin, nicht im Fahrwasser des Textes mitzuschwimmen, sondern sich davon zu lösen.

Beenden Sie Ihre Ausführungen mit einem knappen **Fazit**.

Mögliche Fragen als Überleitung zum Prüfungsgespräch:

- Die Verwendung der Anredeformen hat sich im Laufe der Geschichte immer wieder verändert. Einen ähnlichen Wandel kann man bei Fremdwörtern beobachten. Beschreiben Sie, welchen Moden die Verwendung von Fremdwörtern unterworfen war/ist und was dieser Wandel über die Gesellschaft aussagt.
- Die Anredepronomina können Distanz oder Nähe ausdrücken. Nennen Sie Beispiele, wie auch die Digitalisierung der Kommunikation gesellschaftliche Differenzen verstärken könnte.

Auf den ersten Blick scheint die Wahl der richtigen Anredeform ganz einfach zu sein: Familienmitglieder, Freunde und Kinder werden geduzt, alle anderen gesiezt. Das ist eine klare Regel, oder nicht? Dass die angemessene Verwendung der Anredepronomina bei näherem Hinsehen doch komplizierter ist, zeigt Stefan Kern im vorliegenden Artikel „Ein Irrgarten hinter fünf Buchstaben" auf. In dem Text, der am 16. 01. 2023 in der „Schwetzinger Zeitung" erschienen ist, schreibt er über die Problematik des Duzens und Siezens.

Einleitung:
Hinführung zum Thema

Die Frage nach der Anwendung von „Du" und „Sie" ist nach Aussage des Autors komplexer als erwartet. Auf den ersten Blick scheine die Einteilung, wann und wie „Du" und „Sie" zu nutzen sind, klar zu sein. Auf den zweiten Blick zeige sich jedoch: Es sei doch nicht einfach zu durchschauen, nach **welchen Regeln** – falls es sie so explizit überhaupt gibt – geduzt bzw. gesiezt werde und **welche Auswirkungen** die Unterscheidung haben könne. Daher nutzt der Autor das Bild eines „Irrgarten[s]" (Z. 3) bzw. „Dschungel[s]" (Z. 1). Bei der sprachlichen Untersuchung werde ich noch näher darauf eingehen.

Teilaufgabe 1:
Wiedergabe der zentralen Aussagen des Textauszugs

komplexe Regelungen zur Verwendung der Anredeformen

Historisch sei die unterschiedliche Anrede aus dem gesellschaftlichen Bedürfnis, Hierarchien auszudrücken, entstanden. Tiefer stehende Personen seien früher mit der **dritten Person** Singular angesprochen worden, während umgekehrt der **Pluralis Majestatis** – sprich die zweite Person Plural – genutzt werden musste. Die Verwendung der dritten Person verdeutliche das Ansehensgefälle zwischen den Ständen – Höflichkeit und Respekt würden durch diese Anrede nicht ausgedrückt. Erst das wachsende Selbstbewusstsein des Bürgertums habe die **Forderung nach einer respektvollen Anrede** möglich gemacht. Das „Sie", also die dritte Person Plural, schütze die Würde des Angesprochenen. Das „Du" sei weiterhin für nahestehende Personen verwendet worden, auch wenn eine Zeit lang das höfliche „Sie" sogar im engsten Familienkreis üblich gewesen sei.

Entstehung der Anredeformen zum Ausdruck von Hierarchien

Im Zuge der 68er-Bewegung sei das „**Sie**" von jungen Menschen **als spießig abgelehnt** worden. Die Vorliebe zum „Sie" und „Du" sei seither weitgehend politischen Lagern zuzuordnen: Konservative würden das „Sie" bevorzugen, Linksliberale das „Du".

Politisierung der Anredeformen in den 68ern

Heute werde in einigen Unternehmen das **Duzen als Ausdruck einer angeblich flachen Hierarchie** vorgeschrieben. Doch das führe nicht zwingend zum Erfolg. Es provoziere auch eine **Gegenbewegung**. Denn das „Du" allein schaffe nicht automatisch mehr Beteiligung der Mitarbeiter. Zudem könne das „**Sie**" auch eine **erwünschte und sinnvolle Distanz- und Respektbezeugung** sein. Diese sei in

Duzen heute Standard in einigen Unternehmen

der Arbeitswelt zum Schutz der Mitarbeiter vor Irritationen hilfreich. Im Internet und in einigen Betrieben werde vermehrt geduzt, während aber im Allgemeinen in der Arbeitswelt das Siezen als Standard gelte.

Teilaufgabe 2: sprachliche und argumentative Gestaltung

Irrgarten-Metapher im Titel

Wie kann ein Text über Anredepronomina reizvoll sein? Die Leserschaft nimmt wahrscheinlich an, dass es doch einfach geregelt sei: Fremde Menschen werden gesiezt, engere Freunde geduzt. Was kann da ein Text Neues bringen? Um **bewusst zu verunsichern** und dieses vereinfachende Weltbild in Frage zu stellen, erzeugt die Überschrift sogleich einen Gegensatz zu dieser Annahme. Schon der Titel konfrontiert die Lesenden mit einer Metapher: Es ist von einem „Irrgarten" die Rede. Hier stellt man sich Wände oder Büsche als Begrenzungen von verwinkelten Wegen vor. Überraschend ist hier im Titel die **Übertragung in die Sprache**, indem der Irrgarten „hinter fünf Buchstaben" lokalisiert wird. Die Leserschaft erwartet nun eventuell ein schwieriges Wort mit fünf Buchstaben. Die rätselhafte Überschrift **macht neugierig** und regt somit zum Weiterlesen an.

Dschungel-Metapher

Anschließend drückt der Text mit dem Bild des „Dschungel[s]" (Z. 1) erneut **Orientierungslosigkeit** aus. Dann folgt die Aufklärung, dass es zwei Wörter mit insgesamt fünf Buchstaben sind, die hier die Verwirrung stiften. Während der „Dschungel" etwas natürlich Gewachsenes ist, über das der Mensch keine Kontrolle hat, ist der „Irrgarten" künstlich angelegt. Dass der Mensch auch bei den historisch gewachsenen Anredepronomina immer wieder „künstlich" eingreifen möchte, was ungeplante Reaktionen zur Folge haben kann, wird dann Aussage des Textes sein.

Akkumulation

Die Akkumulation „Geschichte, Macht, Respekt, Vertrauen, Nähe, Distanz und Höflichkeit" (Z. 2 f.) listet gewichtige Schlagworte auf. Sie umfasst zahlreiche gesellschaftliche Aspekte. Der „Irrgarten" aus dem Titel wird konkretisiert zu einem „soziale[n] Irrgarten" (Z. 3). Damit wird klar, dass das **Thema von breiter gesellschaftlicher Bedeutung** ist.

Zitate zur Komplexität der Anredeformen

Der Autor greift immer wieder auf Meinungen von Fachleuten zurück, um die **Glaubwürdigkeit** seiner Ausführungen zu **steigern**. Zu Beginn des Textes verstärken zwei Zitate (vgl. Z. 5 ff.) – eines von einem Experten und eines von einem prominenten Politiker – die Behauptung, dass es keine klaren Anweisungen zur Verwendung der Anredepronomina gibt. Ist das witzig wirkende **Zitat von Herbert Wehner** (vgl. Z. 9 f.) ein **Oxymoron** oder eher ein **Paradoxon**? Für ein Oxymoron – so wie beispielsweise „lebende Leiche" – spricht, dass der als schlagfertig bekannte Politiker sein Gegenüber sowohl mit „Sie" als auch mit „Du" anspricht, was ein Widerspruch ist. Bei einem Paradoxon hat der Widerspruch eine Auflösung auf einer anderen Ebene: Diese deutet Wehner an, indem er dem anderen die Wahlfreiheit lässt und damit aussagt, dass sich der Gesprächspartner für eine Variante entscheiden sollte und beide Anreden akzeptabel sind.

Expertenzitat zu Anredeformen als Ausdruck sozialer Ungleichheit

Der **historische Rückblick** wird durch ein weiteres Expertenzitat eingeführt: „Anredeformen sind Ausdruck sozialer Ungleichheit" (Z. 13). Das heißt, es haben sich aus dem Machtgefälle diese sprachlichen Besonderheiten entwickelt. Ob dieser Schluss auch umgekehrt gilt – dass aus einer einheitlichen Anredeform (dem Du) soziale Gleichheit folgt –, wird später noch betrachtet. Zunächst etablierte sich das Er und Ihr, um die Distanz zwischen den gesellschaftlichen Ständen auszudrücken. Die im Text verwendeten Bezeichnungen „**erz[en]**" (Z. 17) und „**ihrz[en]**" (Z. 18) sind **analog zu duzen und siezen gestaltete Verben**, jedoch wesentlich seltener in Gebrauch.

Anspielung auf das Grundgesetz

Die Einführung des „Sie" wird als „kleine gesellschaftliche Revolution" (Z. 24) bezeichnet. Ein weiterer Experte spielt sogar auf Artikel 1 des Grundgesetzes an, wenn er das Siezen als „**Baustein** für das Konzept der **Unantastbarkeit der Würde** des Menschen" (S. 27 f.) einstuft. Das Grundgesetz trat 1949 in Kraft, also viel später als die Forderung des Bürgertums nach einer wertschätzenden Anrede. Daher drückt die Metapher „Baustein" (Z. 27) **etwas Grundlegendes** aus, das den Weg für eine spätere Errungenschaft bereitet.

Metaphern und eine Parole der 68er-Bewegung

Die 68er-Bewegung lehnte sich gegen „[d]as steife ‚Sie'" (Z. 31) auf. Das konservative Lager wird bildhaft als „**Beton**" (Z. 31) bezeichnet: Es ist verhärtet, nicht beweglich, **nicht bereit für Veränderungen**. Der „Muff von 1 000 Jahren" (Z. 32) ist ein Auszug aus der bekannten Parole der Studentenbewegung, die vollständig „Unter den Talaren – Muff von 1 000 Jahren" lautet. Kritisiert wurde die mangelnde Aufarbeitung der NS-Vergangenheit. Dieser „**Muff**" **ruft** nach frischer Luft, also **nach einer Veränderung**, im Fall der Anredepronomina hin zur Verwendung des „Du".

Expertenzitat zur überschätzten Wirkung des Duzens in Unternehmen

Im Zusammenhang mit der Digitalisierung nahm der Gebrauch der vertraulichen Anrede zu. Die im Text erwähnten Unternehmen glauben, mit dem „Du" „einen Kulturwandel voranzutreiben" (Z. 40 f.). Die Überlegung, dass mehr Nähe innerhalb des Betriebs sich in besseren Bilanzen niederschlage, bezeichnet der Autor **abschätzig** als „**Rechnung**" (Z. 42). Dass sich die erhoffte Folge einstelle, sei aber keineswegs so sicher wie das Ergebnis einer mathematischen Gleichung. Das **indirekte Expertenzitat** „‚Sie' und ‚Du' seien nur Wörter" (Z. 46) entzaubert die **überschätzte Wirkung** des zwangsweise eingeführten „Du".

Der Text verdeutlicht, dass die Entwicklung der unterschiedlichen Anreden offenbar einem dialektischen Prinzip folgt: Das Erzen entwürdigte die niedriger stehende Person und das Ihrzen diente der erzwungenen Ehrerbietung von unten nach oben. Das Siezen dagegen war ein Gewinn für das Bürgertum: Respekt und Höflichkeit waren die mit der Einforderung der Sie-Anrede verbundenen Ziele. Dann lehnte die 68er-Bewegung das Siezen ab, weil das „Du" eine neue Nähe versprach. Diese erhoffen sich heute auch Unternehmen. Ganz nach der dialektischen Logik ist nun eine Gegenbewegung zum Duzen zu beobachten.

argumentativer Aufbau des Textes

Wieder wird ein Experte zitiert und **erklärt die Gründe für die Wiedereinführung des „Sie":** „Die Jüngeren haben heute ein viel größeres Abgrenzungsbedürfnis als die 68er" (Z. 48 f.). Dass das Siezen auch eine Zunahme der Hierarchie bedeute, sei ein Trugschluss. Weder schaffe das „Du" die Rangunterschiede ab, noch führe das „Sie" die Hierarchie ein. Ein Beispielsatz (vgl. Z. 51 f.) **verdeutlicht** die Behauptung, dass im beruflichen Zusammenhang die **distanzierende Sie-Form höflicher** wirken kann **als das Duzen**.

Expertenzitat und Beispielsatz zur verstärkten Verwendung des „Sie"

Sorgt die Unterscheidung der Anrede wirklich für Verwirrung? **In der Schule und im Beruf scheint es doch klar zu sein:** Man siezt die Lehrkraft und den Chef oder die Chefin. Bei anderen Konstellationen ist es komplizierter, aber immerhin gibt es Regeln, an denen man sich orientieren kann, wenn man dem **Knigge** folgen möchte.

Teilaufgabe 3:
Stellungnahme:

Orientierung durch Regeln für Anredeformen

Dennoch stimme ich dem Autor und den zitierten Personen zu, dass die **korrekte Verwendung der Anredeformen nicht so einfach** ist **wie zunächst gedacht**. Es gibt Menschen, mit denen ich per „Du" bin – vielleicht durch das Hobby in einem Verein –, obwohl sie mir nicht besonders nahestehen. Und mit anderen Personen fühle ich mich mehr verbunden, muss sie aber siezen, weil es die Konvention fordert oder die Gesellschaft erwartet. Deshalb drücken „Du" und „Sie" nicht die wirkliche Verbundenheit oder Distanz aus, sondern nur die gesellschaftliche Stellung. Ist es so wichtig, diese Unterschiede durch die Anrede zu betonen? Anscheinend ja, wie die Historie zeigt.

Anredeformen eher Ausdruck der gesellschaftlichen Stellung als von Nähe und Distanz

Es gilt auch noch heute: Wenn sich Chef und Mitarbeiter **siezen**, während sich die Mitarbeiter untereinander duzen, **verdeutlicht** dies die **abgehobene Position des Chefs**. Daher kamen Unternehmen auf die Idee, das „Du" als Standard vorzuschreiben. Aber dies ist nur Augenwischerei, solange die **Führungskraft über ein Mehr an**

Machtgefälle in Unternehmen trotz Duzvorschrift

Macht verfügt, beispielsweise weil sie Anweisungen geben, Entlassungen aussprechen oder über Gehaltserhöhungen entscheiden darf.

Dasselbe gilt auch für die Schule. Wenn sich Lehrkräfte und Schüler duzen würden, wäre das Machtgefälle dennoch vorhanden. Es gibt beispielsweise **Sommerakademien, in denen sich alle duzen**. Dort sehen sich die **Kursleiter** als **gleichwertig** zu den Schülern an, auch wenn sie über einen Wissensvorsprung verfügen. In diesen Akademien geht es jedoch nicht um **Noten**. Sobald eine Lehrkraft Zensuren gibt, hat sie **Macht** über die Schüler, unabhängig von der Anrede.

Machtgefälle an der Schule unabhängig von Anredeform

Des Weiteren gilt als „verbrüdert", wer sich duzt. Das ist im Privaten angemessen, beispielsweise beim Sport oder im Musikverein. Wenn aber Politiker oder Geschäftsleute per „Du" sind, könnte diese kumpelhafte Nähe **verhindern, dass die andere Person kritisch gesehen wird**. Das Sprichwort „Eine Krähe hackt der anderen kein Auge aus" erweist sich in der Politik häufig als destruktiv, wenn zwei Duzfreunde beispielsweise **Fehler** des jeweils anderen **vertuschen**.

zu viel Nähe in Politik und Geschäftswelt destruktiv

Trotz aller Nachteile des „Du" glaube ich persönlich, dass sich langfristig das „Sie" nicht halten wird. Da die **Kommunikation zunehmend durch das Englische beeinflusst** wird, das mit einem einzigen Anredepronomen auskommt, wird auch im Deutschen die **Unterscheidung der Anredeform allmählich verschwinden**. Aber man weiß nie, welche Gegenbewegung dann wieder auftaucht. Sprache ist immer im Fluss – und nicht im Dschungel.

Fazit:
eigene Meinung

2. PRÜFUNGSTEIL

Themenbereich I Literarische Texte

1 *In welche Hauptgattungen kann man literarische Texte einteilen?*

- Einteilung in die Hauptgattungen Epik, Dramatik und Lyrik
- diese Einteilung geht zurück auf die Antike
- Unterteilung in weitere Gattungen möglich: z. B. Roman, Kurzgeschichte, Märchen, Sage usw. (Epik); Komödie, Tragödie, Tragikomödie (Drama); Lied, Ode, Hymne, Sonett usw. (Lyrik)

2 *Was versteht man unter einem Drama?*

- eine der drei Hauptgattungen, unterteilt in Komödie und Tragödie
- kein Erzähler, sondern Schauspieler, die als Figuren auf der Theaterbühne agieren
- Konflikt (meist zwischen Protagonist und Antagonist) löst Handlung aus
- „gesprochene" Handlung (Sprechhandlungen, Sprechakte) in Monologen und Dialogen der Figuren, d. h. Konflikte werden v. a. in Gesprächen diskutiert und gelöst

3 *Wie ist ein klassisches Drama aufgebaut?*

- Einteilung in Akte (meist drei oder fünf) und Szenen
- Aufbau des geschlossenen (aristotelischen) Dramas (nach Gustav Freytag): Exposition, steigende Handlung, Höhepunkt und Peripetie, fallende Handlung mit retardierenden Momenten, Lösung oder Katastrophe
- Figuren führen Dialoge und Monologe (= Haupttext, ergänzt durch Regieanweisungen = Nebentext)

4 *Was kennzeichnet das sogenannte Epische Theater?*

- episch, da Geschehen nicht nur dargestellt, sondern auch erzählt wird (z. B. durch die Figuren in einer Ansprache an das Publikum)
- Abwendung vom Illusionstheater mittels Verfremdungseffekten (z. B. Songs, Projektionen, Kommentare, Illusionsbrüche)
- Ziel: Zuschauer soll über Handlung reflektieren und kritisch mitdenken
- Urheber: Bertolt Brecht

5 *Wie definieren Sie den Begriff Epik?*

- Begriff leitet sich ab von Epos (umfangreiche Verserzählungen der Antike, z. B. Homers „Ilias" und „Odyssee")
- Erzähler (nicht zu verwechseln mit dem Autor) vermittelt Lesern fiktionale (= erfundene) Geschichte
- Langformen (z. B. Roman, Epos) und Kleinformen (z. B. Kurzgeschichte, Fabel)

6 *Wie grenzen Sie Novelle und Roman voneinander ab?*

- Roman erscheint in unterschiedlichen Formen, z. B. Abenteuer-, Entwicklungs-, Bildungs- oder Briefroman
- Roman mit vielschichtiger Handlung und mehreren Erzählsträngen (Haupt- und Nebenhandlungen), große Anzahl an Figuren
- Roman umfasst oft lange Zeitspanne im Leben der Figuren (= erzählte Zeit)
- Novelle erzählt in straffer Form von einer „unerhörten" Begebenheit im Leben der Hauptfigur
- Novelle läuft mit geradliniger Handlungsführung auf zentralen Konflikt und Wendepunkt zu
- Novelle oft in Rahmenerzählung eingebettet (z. B. bei Boccaccios „Decamerone" oder Goethes „Unterhaltungen deutscher Ausgewanderten")

7 *Welche Mittel des Erzählens stehen einem Prosa-Autor zur Verfügung?*

- Erzählformen: Er-/Sie-Erzählung, Ich-Erzählung
- Erzählhaltung bzw. Erzählverhalten: auktorial (Außensicht eines allwissenden Erzählers, Kommentare und Reflexionen); personal (begrenzte Sicht einer Figur), neutral (Außensicht, aber ohne Einblick in die Figuren)
- Darbietungsformen: Erzählbericht, Figurenrede (Monologe und Dialoge in direkter und indirekter Rede), erlebte Rede, innerer Monolog
- Zeitgestaltung: Erzählzeit (= Dauer des Erzählvorgangs) – erzählte Zeit (= Dauer des Geschehens), Zeitraffung/Zeitdeckung/Zeitdehnung, Rückblende/Vorausdeutung

8 *Was kennzeichnet filmisches Erzählen im Gegensatz zum literarischen Erzählen?*

- Erzählverhalten in der Regel auktorial, da alle Figuren sichtbar werden
- Zeitgestaltung durch Schnitt und Montage, z. B. als Zeitraffung oder -dehnung, aber auch durch Rückblenden und Parallelmontage (= zwei Handlungen zeitgleich)
- Kameraperspektive lenkt Wahrnehmung des Zuschauers (z. B. Vogel- oder Froschperspektive)
- multimedial (bewegtes Bild, gesprochene Dialoge, Musik, Geräusche)
- Tempo der Rezeption ist vorgegeben (vs. Lesen im eigenen Tempo)
- bei verfilmter Literatur gilt: Verfilmung ist immer schon eine Interpretation der Textvorlage

9 *Was versteht man unter dem Begriff Lyrik?*

- eine der drei Hauptgattungen der Literatur
- Begriff fasst alle Arten von Gedichten, Sprüchen, Liedtexten etc. zusammen
- bedeutet ursprünglich „das zur Lyra Gesungene" (Lyra = Leier, antikes Zupfinstrument)
- enge Verbindung der Lyrik mit Musik
- Dichter drückt Gefühle, Gedanken, Erlebnisse und Reflexionen knapp und kunstvoll aus

10 *Woran erkennen Sie Gedichte?*

- formale Merkmale: bewusst gesetzter Zeilenumbruch, Einteilung in Verse und Strophen, evtl. Reime
- oft spricht ein lyrisches Ich; andernfalls: Sprecher des Gedichts
- Wiederkehr bestimmter Motive (z. B. Liebe, Natur)
- häufig bildliches Sprechen (Symbole, Metaphern, Vergleiche, Personifikationen) und gehobener, „verdichteter" Sprachstil
- oft Vorhandensein eines Metrums im Text (z. B. Jambus, Trochäus), also bewusst gesetzte Abfolge von betonten und unbetonten Silben
- typische Gedichtformen: Sonett, Lied, Ode, Hymne, Spruch, Ballade (Mischform, da auch epische und dramatische Elemente enthalten)

Themenbereich II Literaturgeschichte

1 *Wie verstehen Sie den Begriff „literarische Epoche"?*

- Einteilung literarischer Texte nach Entstehungszeit und anderen Kriterien, z. B. Stilrichtung (z. B. Realismus, Expressionismus)
- Begriff der Epoche ist ein Konstrukt
- meist erfolgt die Benennung einer Epoche erst im Nachhinein, manche Strömungen geben sich selbst einen Namen (z. B. Sturm und Drang)

2 *Wozu ist die Einteilung in Epochen nützlich?*

- Epocheneinteilung schafft Orientierung in der Literaturgeschichte durch das Herausstellen von Gemeinsamkeiten zwischen Autoren bzw. Texten
- ermöglicht schnelle Zuordnung und Einordnung von Texten und Autoren
- hilft beim Verständnis und der Deutung von Texten

3 *Was könnte an der Einteilung in Epochen problematisch sein?*

- Tendenz zur Vereinfachung durch Fokussierung auf Gemeinsamkeiten
- Gefahr, an den Texten nur stur nach Epochenmerkmalen zu suchen und für die Interpretation bedeutsame Eigenheiten des Textes zu übersehen
- Ausblendung von Werken und Autoren, die nicht exakt in die „Schublade" der Epoche ihrer Zeit passen (z. B. Kleist, Kafka)
- Begriff der Epochenschwelle als Alternative: verweist auf Umbrüche

4 *Die Epoche von Goethe und Schiller wird als „Weimarer Klassik" zusammengefasst. Was bedeutet dieser Begriff?*

- Namensgebung durch Zentrum der Epoche: Stadt Weimar (Hof des Herzogs Karl-August und seiner Mutter Anna Amalia)
- Abwendung vom Geniekult des Sturm und Drang
- Ablehnung der Gewalt, des Terrors und des Krieges in Folge der Französischen Revolution

- neue Leitideen: Harmonie, Humanität, Toleranz, Ausgleich und Maß, Einheit von Mensch und Natur / von Individuum und Gesellschaft / von Pflicht und Neigung, Selbstvervollkommnung des Menschen durch Kunst
- Vorbild: Antike („edle Einfalt, stille Größe“)

5 *Welche grundlegenden Merkmale schreiben Sie der Epoche Romantik zu?*

- richtet sich gegen das reine Vernunftdenken der Aufklärung
- knüpft an Kultur des Gefühls an (Sturm und Drang)
- „romantisiert“ die Welt durch Suche nach dem Magischen, Übernatürlichen und Wunderbaren
- Idealisierung des christlichen Mittelalters
- typische Motive: Nacht, Traum, Fantasie, Natur und Garten (rauschende Wälder, ferne Gebirge, Parks mit Marmorstatuen)
- typische Textarten: Märchen, Novelle, Lied, Roman
- Autoren: z. B. Joseph von Eichendorff, E.T.A. Hoffmann, Novalis

6 *Die Kunstauffassung des Naturalismus wird auf die mathematische Formel gebracht: „Kunst = Natur – x“. Was soll diese Formel aussagen?*

- Kunst, also auch Literatur, soll sich der fassbaren Lebenswirklichkeit (Natur) annähern (vs. romantische Verklärung der Natur, vs. poetisierende Gesellschaftsdarstellung des poetischen Realismus)
- je mehr diese Annäherung an die Realität gelingt, umso höherwertiger das (literarische) Kunstwerk: Vorgehen mit naturwissenschaftlicher Genauigkeit
- absolute Annäherung ist unmöglich, deshalb „– x“
- Themen: Industrialisierung und Technisierung samt Schattenseiten (z. B. Entstehung des Proletariats in den Großstädten, elende Arbeitsbedingungen in den Fabriken, Alkoholismus, Gewalt)
- Autoren: z. B. Arno Holz, Gerhart Hauptmann

7 *Zu den Strömungen in der Literatur der Jahrhundertwende gehört u. a. der Expressionismus. Welche Besonderheiten kennzeichnen den Expressionismus?*

- gefühlsbetonter Stil (expressiv), starke Farbsymbolik
- Bruch mit sprachlichen Normen und Konventionen (z. B. Aufbrechen grammatischer Strukturen, Neologismen, drastisch-martialische Wortwahl)
- Faszination für Technik (z. B. Automobil)
- Themen: z. B. „Der neue Mensch“, Großstadt, Krieg, Ästhetik des Hässlichen
- Autoren: z. B. Georg Trakl, Jakob von Hoddis, Georg Heym

Themenbereich III Sach- und Gebrauchstexte

1 *Was sind Sach- und Gebrauchstexte?*

- Sammelname für nicht-literarische Texte (nicht fiktional)
- kommen in unterschiedlichen Wissensgebieten, Funktionen und Publikationsformen vor, z. B. Journalismus, Werbung, Gebrauchsanweisung, Lehrtext

- Unterscheidung in kontinuierliche (normaler Fließtext) und diskontinuierliche (z. B. Schaubild, Diagramm) Texte

2 *Welche Funktionen können Sachtexte erfüllen?*

- informativ (z. B. Bericht, Gebrauchsanweisung, Sachbuch)
- expressiv (z. B. Tagebuch, Brief, Leserbrief, Kommentar)
- appellativ (z. B. Redetext, Flugblatt, Werbeplakat)
- instruierend (z. B. Lehrtexte in Schulbüchern)
- argumentativ (z. B. Erörterung)
- regulierend (z. B. Hausordnung, Gesetzestext)

3 *Viele Sachtexte sind argumentativ ausgerichtet. Welche Argumenttypen können darin z. B. auftreten?*

- Faktenargumente, die auf überprüfbaren Tatsachen beruhen (z. B. wissenschaftliche Erkenntnisse, Statistiken)
- Wertargumente, die sich auf allgemein akzeptierte Normen und Werte berufen (z. B. ethische Grundsätze, staatliche Gesetze)
- Autoritätsargumente, die Aussagen anerkannter Personen heranziehen (z. B. Experten auf einem Wissensgebiet, einflussreiche Persönlichkeiten)
- Analogieargumente, die auf einem plausiblen Vergleich mit anderen Sachgebieten beruhen

4 *Welchen Textsorten begegnet man typischerweise in einer Zeitung?*

- Bericht, Nachricht
- Reportage
- Interview
- Glosse
- Essay
- Kolumne
- Kommentar

5 *Welche weiteren Elemente sind prägend für das Medium Zeitung (außer Texte)?*

- grafische Elemente (z. B. Schaubilder, Diagramme, Tabellen, Statistiken, Karten, Wetterkarte)
- Fotos von Orten und Personen (z. B. Politikern, Künstlern, Stars)
- Bilder (z. B. Illustrationen, Karikaturen)

Themenbereich IV Texterschließung / Lesen

1 *Welche Lesestrategien kennen Sie?*

- überfliegendes Lesen (diagonal, kursorisch)
- gezieltes Lesen (selektiv: einzelne Textstellen von Interesse werden genauer gelesen)
- intensives Lesen (detailliert, mit Stift, mehrmals)

- navigierendes Lesen (gesteuert z. B. durch Querverweise im Text, typisch für Hypertexte im Internet)

2 *Was ist die Fünf-Schritt-Lesestrategie bei Sachtexten?*

- 1.: Überblick verschaffen (z. B. durch Überschriften, Zwischenüberschriften, Hervorhebungen)
- 2.: Fragen an Text stellen (z. B. zu unbekannten Begriffen); Ausgangspunkt: erster Leseeindruck, Vorwissen zum Thema
- 3.: Text gründlich lesen (z. B. Schlüsselbegriffe markieren, Randnotizen machen)
- 4.: Text abschnittweise rekapitulieren (z. B. Exzerpte in eigenen Worten anfertigen)
- 5.: kompletten Text rekapitulieren (z. B. Zusammenfassung in eigenen Worten, Darstellung des Textaussage in anderer Form: Grafik, Strukturdiagramm o. Ä.)

3 *Welche Lesestrategien kann man bei kürzeren literarischen Texten anwenden?*

- sog. verzögertes Lesen (z. B. Überschrift lesen und Erwartungen an den Text formulieren)
- äußere Gliederung untersuchen (Abschnitte, Leerzeilen u. Ä.)
- Text in Sinnabschnitte einteilen
- Schlüsselstellen untersuchen (z. B. erster Satz, Ende)
- literarische Gestaltungsmittel suchen (z. B. Dialog, Monolog)

Themenbereich V Medien

1 *Welche Funktionen und Wirkungsabsichten können Medien erfüllen?*

- Information und Aufklärung
- Kommunikation
- Unterhaltung
- Meinungsbildung
- politische Kontrollfunktion und Kritik: Medien als „vierte Gewalt" im Staat

2 *Welche Informationsquellen halten Sie für zuverlässig?*

- unabhängige Zeitungen und Zeitschriften (Prinzip der Trennung von Fakten und Meinungen)
- öffentliche Fernsehsender, z. B. ARD, ZDF
- seriöse Internetportale mit redaktioneller Überprüfung (siehe Impressum)

3 *Warum sind unabhängige Medien und Meinungsfreiheit wichtig für eine Demokratie?*

- ermöglichen Information aus verschiedenen Perspektiven zur Sicherung von Pluralismus
- decken Fehler und Fehlentwicklungen auf, die ansonsten verschwiegen würden
- befördern kontroverse und zielführende Diskussionen und Debatten
- begrenzen als Gegengewicht den Einfluss des Staates und einzelner Gruppen auf die gesellschaftliche Entwicklung

4 *Welche medialen Entwicklungen sehen Sie als Gefahr für unsere Gesellschaft?*

- ungeprüfte und geprüfte Informationen stehen oft gleichwertig nebeneinander, fehlende kritische Überprüfung der Informationsquellen
- schnelle Verbreitung von Fake News und Verschwörungsmythen (z. B. in sozialen Netzwerken wie Facebook und Twitter)
- Gefahr durch manipulierte Bilder oder Videos (z. B. Deepfake)
- Gefahren des Darknet (Kriminalität, Kinderpornografie)
- Cybermobbing, Shitstorms, Hate Speech
- Falschinformationen und Betrugsversuche durch Texte und Bilder, die mittels künstlicher Intelligenz generiert werden (ChatGPT)

Themenbereich VI Sprachgebrauch und Sprachreflexion

1 *Was versteht man unter dem Begriff „sprachliches Zeichen"?*

- sprachliches Zeichen = Einheit aus Vorstellung (Inhalt, Bezeichnetes, *signifié*) und Lautbild (Bezeichnung, *signifiant*)
- arbiträrer Charakter, d. h. prinzipiell beliebige Zuordnung von Lautbild zu Inhalt
- Bedeutung von Zeichen beruht auf Konvention (innerhalb einer Sprachgemeinschaft: festgelegte Zuordnung von Lautbild und Inhalt, z. B. *Tisch* im Deutschen, *table* im Französischen)

2 *Sprache entwickelt sich. In welchen Bereichen können Sie Tendenzen der „Amerikanisierung" des Deutschen feststellen?*

- Zunahme von Anglizismen zur Beschreibung eines modernen Lebensstils (z. B. *chillen, Wellness, Location*)
- Englisch als vorherrschende Wissenschaftssprache (z. B. bei Covid-19-Forschung)
- durch digitale Medien: Einwanderung von Wörtern (*Computer, Notebook, Chatroom, livestream*), Neubildungen (*Podcast, Handy*) und Eindeutschungen (*googeln, twittern*)

3 *Welche weiteren Tendenzen der gegenwärtigen Sprachentwicklung des Deutschen lassen sich beobachten?*

- Abkürzungen (*lol, hdl*) und grafische Zeichen (z. B. Emojis)
- abweichende Rechtschreibung (z. B. Verzicht auf Großschreibung)
- Förderung von Dialekten (z. B. Muttersprachengesellschaft in Baden-Württemberg, bayerisch in den Schulen Bayerns)
- Entstehung des sog. Kiezdeutsch durch Sprachkontakt, z. B. mit der türkischen Sprache („ich geh Aldi")
- Ausbildung einer Jugendsprache (z. B. *Ehrenmann*, *I bims*)
- politisch korrekte Sprachverwendung (z. B. *Sinti und Roma* statt *Zigeuner*, Diskussion um Begriff der *Rasse* im Grundgesetz)

- geschlechtergerechte Sprache (z. B. *Schülerinnen und Schüler* statt generisches Maskulinum, Stellenanzeigen mit männlicher und weiblicher Berufsbezeichnung, Gendersternchen für Berücksichtigung des dritten Geschlechts)

4 *Wie beurteilen Sie den Sprachwandel?*

- einerseits: Verlust von Tradition und Sprachniveau
- andererseits: Sprache als lebender Organismus, der nach Effizienz strebt
- Sprachwandel als natürliches Phänomen

5 *Was besagt das Kommunikationsmodell von Karl Bühler?*

- sog. Organon-Modell
- Sprache als Werkzeug für die Kommunikation zwischen Sender und Empfänger
- Unterscheidung von drei Grundfunktionen der Sprache: Ausdruck, Darstellung, Appell
- Berücksichtigung aller drei Funktionen für das Verständnis der Kommunikation notwendig

6 *Wie lauten Paul Watzlawicks Thesen zur menschlichen Kommunikation?*

- „Man kann nicht nicht kommunizieren."
- Mitteilung auch über non-verbale Äußerungen oder sogar über Schweigen
- Kommunikation enthält immer Inhalts- und Beziehungsaspekt
- Kommunikation ist entweder komplementär oder symmetrisch – je nach Unterschiedlichkeit oder Gleichheit der Gesprächspartner

7 *Was versteht man unter dem Kommunikationsquadrat von Friedemann Schulz von Thun?*

- jede Kommunikation enthält vier Botschaften: Sachebene – Selbstkundgabe – Beziehungsseite – Appellseite
- „vier Schnäbel" des Senders und „vier Ohren" des Empfängers
- Sender und Empfänger gleichermaßen für Gelingen der Kommunikation verantwortlich
- funktionierende, unmissverständliche Kommunikation ist der Idealfall, der aber selten gelingt

LEKTÜRELISTE

Dramen

Georg Büchner: *Woyzeck* (1879)

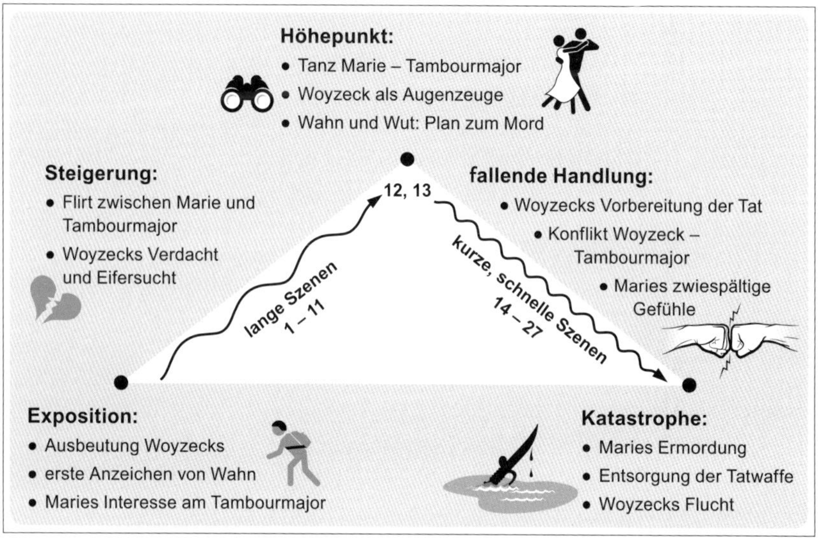

Inhalt

Dramenfragment mit 27 Szenen

- **1. Szene, Freies Feld. Die Stadt in der Ferne:** einfache Soldaten Woyzeck und Andres beim Schneiden von Stöcken → Woyzecks **Wahnvorstellung**, dass sie sich an einer Hinrichtungsstätte der Freimaurer befänden und der Boden unter ihnen hohl sei; Wahrnehmung von Stimmen und Zeichen am Himmel

- **2. Szene, In der Stadt:** Tambourmajor mit Militärkapelle an Maries offenem Fenster vorbei: Marie mit ihrem kleinen Jungen auf dem Arm; Streit mit der Nachbarin Margareth wegen des Flirts mit dem attraktiven Tambourmajor; Besuch von Woyzeck: Schilderung seiner Wahnvorstellungen, zunehmende Sorge Maries um ihn
- **3. Szene, Buden. Lichter. Stadt:** Woyzeck und Marie auf dem Jahrmarkt; Vortrag des Ausrufers über die fließende **Grenze zwischen Mensch und Tier** → Marie im Blickfeld des Tambourmajors, gelangt mithilfe des Unteroffiziers zu Tambourmajor in die erste Reihe in der Jahrmarktsbude
- **4. Szene, Maries Kammer:** Marie betrachtet sich mit Ohrringen (Geschenk vom Tambourmajor) → beklagt Ungleichheit der Menschen, stellt ihre eigene Schönheit fest; Eintreten Woyzecks, dem beim Anblick der Ohrringe ein **Verdacht** kommt; Überreichen seines Wochenlohns, schlechtes Gewissen bei Marie
- **5. Szene, Zimmer:** Rasieren des Hauptmanns als Woyzecks Nebenverdienst; Woyzeck laut Hauptmann ein guter Mensch, ihm fehle aber Moral, was sein uneheliches Kind beweise → Woyzeck rechtfertigt sich mit der Liebe Gottes für alle Menschen und mit der Unmöglichkeit, als armer Mensch **moralisch** und tugendhaft zu leben
- **6. Szene, Gasse:** Flirt und Körperkontakt zwischen Tambourmajor und Marie
- **7. Szene, Gasse:** Konfrontation zwischen Marie und Woyzeck, der ihre Begegnung mit Tambourmajor beobachtet hat → abwehrende, gleichgültige Reaktion Maries
- **8. Szene, Labor des Doctors:** Ärger des Doctors, dass Woyzeck draußen „gepisst" hat, obwohl er wegen einer bezahlten Erbsendiät Urin abgeben muss → Gedanken des Doctors zur **Dominanz der Willensfreiheit** über tierische Natur; Woyzecks Bericht über „doppelte Natur" → begeisterter Doctor diagnostiziert **Psychose**
- **9. Szene, Straße:** Klagen des Hauptmanns über Hektik und seine **Melancholie**, Doctor fällt vernichtendes Urteil über körperlichen Zustand und Lebenserwartung des Hauptmanns; Erscheinen Woyzecks: Anspielungen des Hauptmanns auf Affäre zwischen Marie und Tambourmajor → Woyzeck davon tief getroffen und verstört
- **10. Szene, Der Hof des Professors:** Woyzeck als **Anschauungsobjekt** des Professors, der aus Erkenntnisinteresse Katze aus Fenster werfen will; Aufruf des Doctors an Studenten, Woyzeck zu betrachten (von vierteljähriger Erbsendiät **entkräftet**)
- **11. Szene, Wachstube:** Musik und Tanz nahe der Wachstube der Soldaten → Entschluss des misstrauischen Woyzeck, sich zu Menschenmenge zu begeben
- **12. Szene, Wirtshaus:** Marie und Tambourmajor beim gemeinsamen Tanz heimlich von Woyzeck beobachtet: **Wut** und **Eifersucht**, aber auch **Bewunderung** der Schönheit Maries; pseudophilosophische Predigt eines Handwerksburschen
- **13. Szene, Freies Feld:** Woyzeck vernimmt Stimmen im Boden und im Wind, die ihm befehlen, Marie zu erstechen
- **14. Szene, Zimmer in der Kaserne:** schlafloser Woyzeck hört weiterhin Stimmen
- **15. Szene, Wirtshaus: Protzerei** des Tambourmajors; Wortgefecht und Kampf zwischen Tambourmajor und Woyzeck → Niederlage Woyzecks, leise **Drohung**
- **16. Szene, Trödlerladen:** Kauf eines Messers durch Woyzeck

- **17. Szene, Maries Kammer: Schuldgefühle** Maries, aber unwillig, ihr Verhalten zu ändern → Suche nach Trost in der Bibel; Klage über Woyzecks Fernbleiben
- **18. Szene, Kaserne:** Woyzeck verschenkt seine Habseligkeiten an Andres, zieht eine ernüchternde Lebensbilanz und ignoriert Andres' medizinischen Ratschlag
- **19. Szene, Vor der Haustür:** Großmutters **Anti-Märchen** über ein armes Waisenkind mit Marie und mehreren Kindern als Zuhörern; Woyzecks barsche Aufforderung an die zögerliche Marie, mit ihm nach draußen zu kommen
- **20. Szene, Freies Feld:** Wunsch der verängstigten Marie, nach Hause zu gehen → Woyzeck ersticht Marie und flieht vor herannahenden Menschen in die Nacht
- **21. Szene, Freies Feld:** zwei Passanten als Zeugen des Mordes
- **22. Szene, Wirtshaus:** Unterhaltung des singenden, tanzenden Woyzeck mit Käthe, die Blutspuren an ihm entdeckt → Flucht vor misstrauischen Wirtshausgästen
- **23. Szene, Stadt:** Verbreitung der Nachricht unter zwei Kindern, dass die Leiche einer Frau gefunden wurde → viele Schaulustige eilen zum Tatort
- **24. Szene, Freies Feld:** Rückkehr Woyzecks an Tatort, um zurückgelassene Tatwaffe zu suchen; spöttische Fragen an Leiche → Flucht vor nahenden Menschen
- **25. Szene, Teich:** Versenken des Messers im Teich und Abwaschen der Blutflecken
- **26. Szene, Freies Feld:** Begutachtung von Maries Leiche durch eine vierköpfige Mordkommission: Freude über den „schönen" Mord
- **27. Szene, Stadt:** Woyzecks Versuch, seinen Sohn Christian zu liebkosen, der sich aber abwendet → Woyzeck bezahlt den Narren Karl dafür, seinen Sohn mitzunehmen und ihm einen Lebkuchen zu kaufen

Aufbau und Form

Struktur des Dramas

- Dramenfragment *Woyzeck* als unvollendetes Werk: **Szenenfolge nachträglich arrangiert** (anhand verschiedener Handschriften), keine Gliederung in Akte
- **kurze Szenen** = skizzenhafte Momentaufnahmen → **aneinandergereihte** Bilder, ab 12. Szene immer kürzer → zunehmende **Geschwindigkeit**, unvermeidbares Zulaufen auf Katastrophe
- **Zeitstruktur:** Handlungsdauer ca. **48 Stunden** → sehr gedrängt, simultane Szenen
- **Raumstruktur:** hessische Stadt (Dialekt); Räume als wichtige **Bedeutungsträger:**
  - **Räume der Enge: Maries Kammer** → bedrückende Existenz, **Woyzecks Kaserne** → Halluzinationen, Unruhe: notwendige Flucht nach draußen
  - **Räume der Öffentlichkeit:** für Marie Orte der **Freiheit** und des Vergnügens, aber auch ihres Todes → für Woyzeck Orte der **Demütigung** und **Verlorenheit**

  → Spiegelung der jeweiligen Befindlichkeit der Figur durch Räume
- *Woyzeck* galt lange als **Musterbeispiel des offenen Dramas:** revolutionäre Aufhebung der Einheit von Ort, Zeit und Handlung → **Gegenargumente:**

- stimmiges Gesamtgeschehen: Handlung um Woyzecks zunehmende Psychose im Zusammenspiel mit Maries Affäre = sich **steigerndes Element**
- **Verklammerung** der Szenen durch Motive („Messer", „schneiden"; „heiß", „kalt", Schwarz, Rot) → bedrohliche **Atmosphäre**, **Vorausdeutung** auf Ende

Sprache und Stil

- Zweiteilung des sprachlichen Codes in *Woyzeck* → **schichtenspezifische Sprache**
- Sprache der **gesellschaftlichen Funktionsträger** (Hauptmann, Doctor):
  - Benennung durch Beruf bzw. Rang: keine echten Figuren, eher **Typen**
  - Sprache als Mittel zur **Herrschaftsausübung:** Lenken des Gesprächs, Erteilen von Befehlen, **Selbstdarstellung** (z. B. Melancholie des Hauptmanns)
  - **Hauptmann:** Hochwertbegriffe („moralisch") als Worthülsen für konfuse Argumentation (vorgetäuschte **Gutmütigkeit**, aber herablassend und schadenfroh)
  - **Doctor:** medizinisch-philosophische Fachbegriffe als rhetorischer Deckmantel für **zynische Menschenverachtung** (Mensch als Versuchsobjekt)
  - **Vortragscharakter** ihrer Äußerungen → Ungleichgewicht der Sprechanteile
  - → keine kommunikative Hinwendung zu Mitmenschen (nur Er-Anrede an Woyzeck!), **keine Anteilnahme**, Festhalten am **Jargon**
- **Sprache der armen, einfachen Leute** als Opfer gesellschaftlicher Verhältnisse:
  - Benennung durch Namen: Woyzeck, Marie, Andres → Individuen, **Charaktere**
  - Sprache als **Ausdruck ihrer Notlage:** knapp, direkt, umgangssprachlich
  - Ellipsen, Satzabbrüche, Interjektionen → **Authentizität**, **Unbeholfenheit**, Not
  - **Dialoge:** aneinander vorbeireden → **sprachliche Isolation**
  - **Woyzeck: biblisch-apokalyptische Wendungen**, um seine psychotischen Erfahrungen mitzuteilen; oftmals grüblerisch-doppeldeutige Sprache → dennoch Fähigkeit zur klaren Formulierung (z. B. zum Verhältnis von Geld und Moral)
  - **Marie: dinghaft-konkrete Sprache** als Mittel, ihre Lage zu beschreiben („ich bin nur ein arm Weibsbild."), ihr Begehren auszudrücken („Rühr mich an!") oder etwas zu leugnen („Und wenn auch.") → Sehnsucht nach besserem Leben
  - **Bibelstellen**, **Volkslieder**, **Märchen:** wegen ungenügendem Ausdrucksvermögen der Figuren Rückgriff auf vorgeformte Versatzstücke (eigentlich gedacht als Trost und Sinnangebote) → in *Woyzeck* Betonung des pessimistischen Weltbildes (z. B. Anti-Märchen der Großmutter) oder Vorausdeutung (z. B. Märchen-Zitate des Narren)

Gattungsbestimmung und Epochenzugehörigkeit

- **Tragödie/bürgerliches Trauerspiel:** zwingendes Zulaufen auf die Schlusskatastrophe, ABER: Verstoß gegen alle Standeskriterien, da sog. vierter Stand („Proletariat") im Personal des Dramas
- erstes **„soziales Drama":** Konflikt bedingt durch soziale Umstände (Armut, Ausbeutung, Unterdrückung), Untergang eines chancenlosen „underdog"
- **Vormärz:** Abwenden vom Idealismus der Klassik und Romantik, Hinwenden zur Realität und sozialen Ungerechtigkeit

- Wegbereiter der **Moderne:** Büchners psychologisches Interesse für Elend, Entfremdung und Identitätskrisen; innovative Sprache und Konzeption in *Woyzeck*

Deutungsansätze

Historisch-biografische Lesart

- **historischer Johann Christian Woyzeck** (gelernter Perückenmacher, dann Soldat und Gelegenheitsarbeiter ohne festen Wohnsitz): Ermordung seiner Geliebten Johanna Christiane Woost 1821, Enthauptung auf Leipziger Marktplatz 1824 → Diskussion über die **Zurechnungsfähigkeit von Mördern**
- Büchners Interesse für politische Verhältnisse und Engagement für gerechte Gesellschaft: „Friede den Hütten, Krieg den Palästen!" *(Hessischer Landbote)* → historischer Woyzeck als „willkommenes" Beispiel für Folgen der **Verarmung ganzer Bevölkerungsschichten** im frühen 19. Jahrhundert (vorindustrieller Pauperismus)
- Büchners Erfahrungen als politisch Unterdrückter: **fehlende Solidarität** der Höherstehenden mit den Schwächeren → Veränderungen oder Revolutionen unmöglich

Psychologische Lesart

- **Woyzecks Entwicklung:** einfacher Soldat, Familienvater → wahnsinniger Mörder
- wegen fehlendem Vermögen keine Heirat möglich → Beziehung zu Marie **geächtet**
- physisch und psychisch krank durch **Ernährungsexperiment** → schwere **Psychose**
- Tambourmajor: überlegener **Rivale** (Ausspannen der Geliebten, Hohn und **Gewalt)**
- Auslöser der Mordtat: Eifersucht und Betrug → tiefere Ursachen: **entwürdigende Lebensbedingungen** eines geschundenen, deformierten und isolierten Menschen

Philosophische Lesart

- **Moral:** uneingeschränkte Gültigkeit (laut Hauptmann) oder Frage von Vermögen und Stellung (laut Woyzeck) → schichtenspezifische Gebundenheit von Werten
- **Idealismus:** Idee der Selbstbestimmung des Menschen (Wille und Vernunft sollen Gefühle, Bedürfnisse, Triebe beherrschen) → hier Kritik daran durch Arroganz, Ignoranz und **Unmenschlichkeit** der Idealisten (fühlen sich u. a. Woyzeck überlegen)
- Betonung des **Materialismus:** gesellschaftliche Umstände und Besitzverhältnisse formen den Menschen, nicht umgekehrt (Abhängigkeit menschlicher Handlungen von jeweiligen **Lebensumständen** → **Determinismus**)

Soziologische Lesart

- Starke helfen Schwachen nicht, Starke verachten sich gegenseitig (Hauptmann vs. Doctor), aber schließen im Zweifel Bündnis gegen Schwache, Schwache betrügen und ermorden einander → **Fehlen des gesellschaftlichen Zusammenhalts**
- **Bewusstsein Woyzecks des eigenen sozialen Ortes** als bedrückende Erfahrung → aber keine Wut auf verantwortlichen „Unterdrückungsapparat", sondern auf Marie
- dysfunktionale Kommunikation: Symptom und Konsequenz **sozialer Spaltung**
- Armut mit all ihren Folgen als „Gift" für Beziehungen und Gesellschaft

Bertolt Brecht: *Leben des Galilei* (1938/39)

Das alte Zeitalter		Das neue Zeitalter
	gesellschaftliche Ideale	
• Bewahren einer hierarchischen Ordnung • Anerkennung von Autoritäten		• Überwinden von Standesgrenzen • Freiheit des Individuums
	Erkenntnisgewinn durch	
• Tradieren von Glaubenswahrheiten • biblische Offenbarung und kirchliche Lehre		• wissenschaftliche Forschung • Empirie und Zweifel als Methoden
	Vertreter im Drama	
• große Teile des Klerus • Hofgelehrte in Florenz • Landadel (z. B. Ludovico) • Teile des Bürgertums (z. B. Virginia)	**Vermittlerfiguren** • Fulganzio • Kardinal Barberini • Pater Clavius	• Gelehrte wie Galileo, Andrea Sarti oder Sagredo • Teile des Bürgertums (z. B. Eisengießer Vanni)

Inhalt

1. Bild: Studierzimmer in Padua, 1609

- **Gegenüberstellung von geozentrischem und heliozentrischem Weltbild** im Gespräch zwischen dem Gelehrten Galileo Galilei und dem 10-jährigen Andrea Sarti
- **angespannte finanzielle Lage:** Drängen Frau Sartis zur Annahme eines weiteren Schülers (Ludovico), Ablehnung von Galileis Forderung nach einer Gehaltserhöhung durch den Kurator der Universität Padua
- Galileis Idee: Profit aus der Optimierung des von Ludovico beschriebenen holländischen Fernrohrs schlagen

2. Bild: Großes Arsenal der Republik Venedig

- Präsentation des von Galilei nachgebauten Fernrohrs als vermeintliches Ergebnis jahrelanger Forschung
- **Galileis Rechtfertigung** vor gelehrtem Freund Sagredo: möglicher Nachweis der kopernikanischen Lehre durch das Fernrohr

3. Bild: Studierzimmer in Padua, 10. 01. 1610

- Galileis Entdeckungen mit Fernrohr → **Richtigkeit der kopernikanischen Lehre**
- Galilei beschließt **Wechsel an den Hof von Florenz als Hofmathematiker**

4. Bild: Haus Galileis in Florenz

- Besuch des Großherzogs und von Vertretern der Gelehrtenwelt bei Galilei
- Galileis Ziel: Besucher mithilfe des Fernrohrs **von der Wahrheit überzeugen**

- Reaktion der Gelehrten: **Ignorieren der Überzeugungsversuche**, Zugeständnis: päpstlicher Astronom Pater Christopher Clavius soll um seine Meinung zu Galileis Befunden gebeten werden

5. Bild: Haus Galileis in Florenz

- trotz **Ausbruch der Pest:** Galilei harrt in Florenz aus, um zu forschen
- Erkrankung der ebenfalls in Florenz bleibenden Frau Sarti und Rückkehr des aus der Stadt evakuierten Andrea

6. Bild: Collegium Romanum in Rom, 1616

- Verärgerung eines Kardinals → drohende **Infragestellung der Auffassung vom Menschen als Geschöpf und Ebenbild Gottes**
- Bestätigung der Befunde Galileis durch Pater Clavius

7. Bild: Kardinalspalast Bellarmins in Rom, 05. 03. 1616

- Disput zwischen Kardinälen Bellarmin und Barberini auf der einen Seite und Galilei auf der anderen Seite: Frage nach der Konformität der kopernikanischen Lehre mit dem biblischen Zeugnis
- **Verurteilung der kopernikanischen Lehre** durch das Heilige Offizium

8. Bild: Palast des florentinischen Gesandten in Rom

- Besuch des „kleinen Mönchs" und Mathematikers Fulganzio bei Galilei
- Fulganzios **Bericht von innerer Unruhe** angesichts der Einsicht in die Richtigkeit von Galileis Aussagen und angesichts der Verurteilung der kopernikanischen Lehre als Ketzerei
- Grund für das Festhalten an der kirchlichen Position aus Fulganzios Sicht: Trost der kleinen Leute im **Glauben an eine gottgewollte Ordnung** → Replik Galileis: **Machterhalt des Papstes** im Vordergrund

9. Bild: Haus Galileis in Florenz, 8 Jahre später

- Experimente Galileis und seiner Schüler zu schwimmenden Köpern
- **Wiederaufnahme der astronomischen Forschungen** angesichts der Nachricht vom Sterben des Papstes und der Aussicht auf Kardinal (und Mathematiker) Barberini als dessen Nachfolger

10. Bild: Marktplatz in einer italienischen Stadt, 1632

- Aufgreifen der Ideen Galileis bei Fastnachtsumzügen unter Verweis auf die sozialen Folgen: Auflösung der hierarchischen Ordnung

11. Bild: Palast der Medici, Florenz

- Galilei im Palast der Medici zur **Übergabe seines Buches *Dialoge***
- Vanni bietet Galilei Flucht aus Florenz an: da drohende Auslieferung an Inquisition
- **Verweigerung der Annahme** von Galileis neuem Buch durch den Großherzog und **Auslieferung an die Inquisition**

12. Bild: Gemach des Papstes

- erfolgreiches Einwirken des Inquisitors auf Papst Urban VIII. (ehemals Kardinal Barberini) → Erlaubnis zum Vorgehen gegen Galilei
- Zustimmung des Papstes unter Vorbehalt: nur Androhung von Folter

13. Bild: Palast des florentinischen Gesandten in Rom

- versammelte Schüler Galileis → **Hoffnung auf den Widerstand ihres Lehrers**
- Nachricht, dass Galilei seine **Lehre** im Kirchenprozess **widerrufen** hat
- Ablehnung und auch Beschimpfung ihres einstigen Lehrers bei dessen Rückkehr

14. Bild: 1633–1642 Landhaus bei Florenz

- **Besuch Andrea Sartis** bei dem unter Hausarrest der Inquisition stehenden Galilei
- Vorhaltungen Sartis angesichts des durch den Widerruf eingetretenen Rückschlags für die Wissenschaften
- bei Nachricht von Galileis Vollendung der *Discorsi*: Andrea bewertet Galileis Widerruf neu als **kluge List im Dienst der Wissenschaft**
- **Galileis Selbstanklage:** durch seinen Widerruf → Preisgabe des ethischen Anspruchs in der Wissenschaft

15. Bild: italienische Grenzstadt, 1637

- **Andrea als Schmuggler der *Discorsi*** über die italienische Grenze hinweg

Aufbau und Form

Aufbau des Dramas

- Beginn des Dramas: **Absicherung der Lehre** über das kopernikanische Weltbild (1. bis 3. Bild)
- Zentrum des Dramas: Konflikt um die **Deutungshoheit** über das Weltbild
  1. Phase des Konflikts: Galileis Kampf für die Wahrheit, Ausgang: Lehrverbot in Bezug auf das kopernikanische Weltbild (4. bis 8. Bild)
  2. Phase des Konflikts: Galileis Kapitulation vor der drohenden Verfolgung, Ausgang: Widerruf Galileis im Kirchenprozess und Arrest (9. bis 13. Bild)
- Ende des Dramas: Folgen des Widerrufs und Galileis persönliche Bilanz, **Verbreitung der Erkenntnisse Galileis** (14. und 15. Bild)

Form

- Entfaltung der Handlung in 15 Bildern
- **offene Dramenform:** lockerer räumlicher und zeitlicher Zusammenhang der Bilder: räumliche Wechsel u. a. zwischen Padua, Florenz und Rom → keine Orientierung an der aristotelischen Dramenform, welche die Einheit von Ort, Zeit und Handlung vorschreibt

- formale Bestandteile der einzelnen Bilder: übergeordnete Titel, einleitende Verse, Bühnenanweisung und Figurenrede
- Verfahren der **Kontrastierung**, z. B.: zugewandtes Verhaltens Galileis gegenüber dem Sohn seiner Haushälterin, rücksichtsloses Verhalten gegenüber der eigenen Tochter

Sprache und Stil

- **mehrere Sprachebenen** aufgrund der Unterschiede bezüglich sozialer Zugehörigkeit und Bildungsgrad der Figuren
- Frau Sarti als Repräsentantin des Volkes: eher einfacher Satzbau, teils Umgangssprache und Formen der Verknappung
- **formelhafte Ausdrucksweise der Kirchengelehrten:** Rückgriff auf lateinische Redewendungen und biblische Sprüche; komplexe und gestelzt wirkende Äußerungen
- **Galilei als Mittler:** Wechsel zwischen verschiedenen Sprachebenen, instrumenteller Einsatz von Sprache (vgl. Brief an den Großherzog von Florenz)

Gattungsbestimmung und Epochenzugehörigkeit

- Brechts „Leben des Galilei" als **episches Theater:**
  - keine Einfühlung in handelnde Figuren: Galilei nicht nur als Held, sondern auch als Verbrecher; Figuren sind weniger individuelle Charaktere als mehr **Vertreter einer sozialen Rolle** (Handeln der Figuren bestimmt durch ihre Herkunft)
  - Mittel zur **Verfremdung** (V-Effekt): Überschriften zu jeder Szene → Vorwegnahme der Handlung → Konzentration auf Darstellung; Verse am Beginn jeder Szene als Kommentierung → Zuschauer werden in **Beobachterrolle** gedrängt
  - Verlagerung aktueller Fragen in die Vergangenheit → Distanzierung zu gegenwärtigen Verhältnissen, **Gedanke der Veränderbarkeit gesellschaftlicher Zustände** im Vordergrund → Zuschauer zu einer politischen Entscheidung bewegen
- Einordnung des Dramas in die **Exilliteratur:**
  - Entstehung der Erstfassung des Dramas (1938/39) im dänischen Exil
  - **Galilei als Identifikationsfigur für Intellektuelle in der NS-Zeit:** Geduld und List als Voraussetzung für die Verbreitung der Wahrheit

Deutungsansätze

Komparatistischer Ansatz

- Brechts Drama *Leben des Galilei* liegt in unterschiedlichen Fassungen vor: bei vergleichender Betrachtung → **je eigene Perspektive auf den Protagonisten**
- **Dänische Fassung:**
  - 1938/39 im dänischen Exil verfasst
  - Schlussszene: Verbreitung der Wahrheit trotz Hausarrest und Überwachung durch eine List Galileis; ein Hafner (= Töpfer) als Schmuggler der *Discorsi*
  - Galilei als kluger und listiger Kämpfer für die Wahrheit

- **Amerikanische Fassung:**
  - zwischen 1945 und 1947 in den USA überarbeitete Fassung
  - Kürzung der Urfassung, u. a. Streichung der Pestszene
  - Änderung der Schlussszene: Streichung der Figur des Hafners, stattdessen: Selbstanklage Galileis im Gespräch mit Andrea Sarti
  - Galilei als Verräter an der Wissenschaft und der Menschheit
- **Berliner Fassung** (heute üblicherweise gelesene bzw. gespielte Fassung):
  - 1955/56 in Berlin entstandene Fassung
  - zum Teil Rücknahme der Kürzungen im Vergleich zur amerikanischen Fassung (z. B. Wiedereinfügen der Pestszene) und Tendenzen zur Aufwertung der Galilei-Figur (Ausharren in Florenz trotz Pest)
  - **Galilei als ambivalente Figur:** Verfechter der Wahrheit vs. sozialer Verräter

Historische Lesart

- **Machtübernahme durch Nationalsozialisten** am 30. 01. 1933: Brecht und viele weitere Intellektuelle fliehen ins Ausland
- Unterdrückung des kulturellen und geistigen Lebens in Deutschland, z. B.: Bücherverbrennungen am 10. 05. 1933, Bildung der Reichskulturkammer unter Joseph Goebbels zum Zweck der **Gleichschaltung, Berufsverbote und Verfolgung widerständiger Kulturschaffender**
- Frage Brechts nach der **Aufgabe Oppositioneller** zum Vorantreiben einer geistigen Erneuerung angesichts drohender Gefahren in einem Unrechtsstaat
- Figur Galileis im Drama als **Identifikationsfigur für Intellektuelle:** keine Preisgabe des eigenen Lebens, sondern Ausharren und Warten auf geeigneten Augenblick und Einsatz von List als Mittel des Widerstands
- historischer Konflikt zwischen Kirche und Wissenschaft als Projektionsfläche zur Deutung gegenwärtiger Verhältnisse: **Unterdrückung der freien Meinungsäußerung in einem Regime**

Wissenschaftskritische Lesart

- Frage nach der **Verantwortung in der Wissenschaft**
- Darstellung Galileis nicht als Held der Wissenschaft, sondern als **Verräter an der Menschheit:** keine Etablierung eines ethischen Maßstabs in der Forschung, Ausliefern der Entdeckungen in die Hände der Mächtigen
- wissenschaftliches Forschen als „Fortschreiten von der Menschheit weg“ (vgl. Selbstanklage Galileis im 14. Bild) **bei fehlender Ausrichtung auf das Wohl des Menschen**; Gefahr des Missbrauchs technologischer Errungenschaften durch politische Machthaber
- historischer Hintergrund zur Zeit Brechts: Zündung von Atombomben über Hiroshima (6. 8. 1945) und Nagasaki (9. 8. 1945), unmittelbarer Tod von 92 000 Menschen, weitere 130 000 Tote in der Folge
- heutige Relevanz: **Gefahr des Missbrauchs naturwissenschaftlicher Erkenntnisse und Methoden**, z. B. in der Gentechnologie oder der Biomedizin

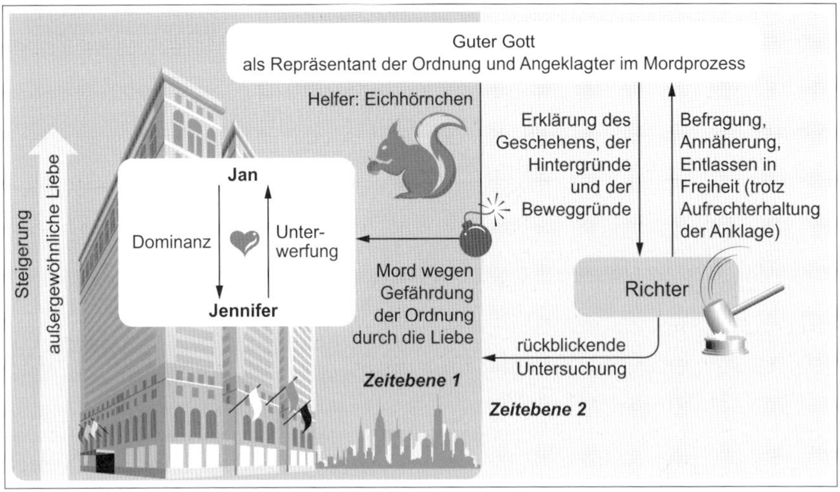

Inhalt

Im Folgenden wird die spätere Zeitebene gegenüber der früheren Zeitebene durch Kursivdruck abgehoben. Die Handlung spielt 1950 in New York.

Beginn der Beziehungen

- *der gute Gott von Manhattan als Angeklagter beim Richter →**Anklage Mord***
- *Befragung des Angeklagten durch den Richter zur Verhaftung und zu den Eichhörnchen, die dem guten Gott vor seinen Bombenattentaten geholfen haben*
- ***Tod einer Frau** beim letzten Attentat →Interesse des guten Gottes, was aus dem Mann geworden ist, der dem Attentat entgangen war →**Abreise des Mannes** trotz Treueschwur an die Frau*
- *Rückblick des guten Gottes auf eine Situation am Bahnhof (Grand Central Station) vor zwei Wochen →erste Begegnung von Jan und Jennifer*
- **Kennenlernen von Jan und Jennifer:** ihr Angebot, Jan zu helfen, der sich in New York nicht auskennt und plant, mit dem Schiff nach Europa weiterzufahren
- Jan und die betrunkene Jennifer abends in einer Bar
- Zimmer im Erdgeschoss eines Stundenhotels: **Jan will offenbar mit Jennifer schlafen,** sie scheint aber zögerlich zu sein; Andeutung einer Vergewaltigung
- nächster Tag: Auszug aus dem Zimmer, Jans Versäumen der Schiffsabfahrt
- *guter Gott: **Bekanntschaft der beiden als Gefahr***
- *Richter: Bekanntschaft als gewöhnliche Geschichte zwischen Mann und Frau*

Entwicklung der Beziehung

- Beziehen eines Zimmers im **7. Stock des Atlantic-Hotels**
- *guter Gott: Lachen der beiden als Zeichen für ihre Abgrenzung vom Rest der Welt*
- spielerisches Gespräch zwischen Jan und Jennifer, bei dem er als ihr Retter auftritt
- *guter Gott: Jan und Jennifer spielen Liebe → Verstoß „gegen jeden vernünftigen Brauch"*
- *guter Gott: Jan und Jennifer werden nicht mehr lange „unter dem Gesetz" handeln*
- Eichhörnchen Frankie und Billy: Theateraufführung von Liebesgeschichten → Frankies ständiger Hinweis auf das **tödliche Ende der Liebesgeschichten**
- Jans und Jennifers Besuch der Aufführung
- *guter Gott: Gefahr, die von den Liebenden ausgeht: Unbedingtheit und Gegenwärtigkeit ihres Liebens*
- im Hotel: Jan und Jennifers Überlegung, was nach den gemeinsamen Tagen werde – **Jans eher distanzierte Haltung**
- Nachricht, dass Jan einen Platz auf dem Schiff hat → Vorbereitung der Abfahrt → Trennung
- überraschende Mitteilung, dass ein Zimmer im 30. Stock frei → Beziehen dieses Zimmers → **Euphorie Jennifers**, aber auch plötzlicher Schwindelanfall
- *guter Gott: Freiheit der Liebenden als Gefahr → immer nähere und exklusivere Beziehung der beiden*
- *guter Gott: es sei nur Recht geschehen und er habe nicht aus Mordlust gehandelt*
- Jan ohne Bereitschaft, mehr von sich preiszugeben – Jennifers Bedürfnis, ihn mehr kennenzulernen → **Jans Weigerung, in eine gemeinsame Zukunft zu sehen**
- *guter Gott: Jans und Jennifers Umzug in 57. Stock als Beschleunigung des Unaufhaltsamen*
- Jans Bereitschaft, sich jetzt doch voll und ganz auf Jennifer einzulassen: „Ich bin mit dir und gegen alles. Die Gegenzeit beginnt."
- *guter Gott: Jan und Jennifer jetzt in anderem Zustand – eine solche exklusive, ungebändigte Liebe als verderbliche Kraft, da sie die existierende Ordnung stört*
- **überschwängliches Liebesbekenntnis Jans zu Jennifer**
- *guter Gott: Andeutung seines Mordmotivs →* ***Notwendigkeit des Todes der Liebenden****, weil sie weltzersetzend sind*

Ende der Beziehung

- Abgabe eines Pakets bei Jennifer durch guten Gott
- Jan in einer Bar, nachdem er sein **Schiffsticket zurückgegeben** hat: Hören einer Detonation
- Frankies und Billys Enttäuschung, weil bei der **Explosion der Paketbombe** nur Jennifer, aber nicht Jan ums Leben gekommen ist

- *Richter: Jans längerer Aufenthalt in der Bar als „Rückfall" in die alte Ordnung*
- *guter Gott: Jans Abwesenheit als Rettung → „Die Erde hatte ihn wieder."*
- ***Aufrechterhalten der Anklage**, aber Erlaubnis für den guten Gott, zu gehen*

Aufbau und Form

- äußere Struktur: durch Ortsangabe voneinander abgegrenzte Szenen
- Zeitstruktur: **zwei Zeitebenen**, zwischen denen ständig gewechselt wird: **guter Gott vor Gericht und Geschehen um Jan und Jennifer** → Rückblick/Aussagen des Richters und des guten Gottes häufig mit Funktion eines deutenden Kommentars
- **Doppelrolle des guten Gottes:** Urheber des Geschehens und zurückblickender Erzähler (teilweise zusammen mit dem Richter)
- innere Struktur:
  - expositorische erste Szene: Grundsituation der Anklage wegen Mordanschlag
  - Steigerung vom Kennenlernen Jans und Jennifers über ihre Annäherung bis hin zur exklusiven Liebe – **bildliche Widerspiegelung dieser Entwicklung in den immer höher liegenden Stockwerken ihrer Hotelzimmer**
  - Schluss: Jennifers Tod bei Attentat, Entlassen des guten Gottes aus der Befragung
- **Einbettung disparater „Stimmen"** in die Handlung → Montage alltäglicher Sätze („GEHEN BEI GRÜNEM LICHT"), Phrasen („VERTRAUEN SIE UNS") und chiffrenhafter Zeilen („TRAUMSTOFF DICHTER LICHTER BRENNBARER") → Repräsentationen der Außenwelt, von der sich Jan und Jennifer immer mehr entfernen
- Leitmotiv „Sag es niemand!": **Geheimhaltung der Liebe zur Bewahrung ihrer Exzeptionalität**
- **surrealistische Elemente** (vgl. z. B. die Eichhörnchen) in Verbindung mit konkreter realistischer Verortung in New York (z. B. Central Park, 46. Straße etc.)
- Eichhörnchen ggf. als intermediale Anspielung auf Walt Disneys Zeichentrickfilme → **Verfremdungseffekt**

Sprache und Stil

- Merkmale natürlichen Sprechens: **Interjektionen** („Oh", „Ah" etc.), **Redeabbrüche und Ellipsen** (z. B. als Antwort auf Fragen: „Was war geschehen auf dem Bahnhof?" – „Nichts besonderes")
- Hintergründigkeit vieler Äußerungen (vgl. S. 314: „Laß aus der Hand fallen, was du hältst") – teilweise mit Tendenz zur **Rätselhaftigkeit** (vgl. S. 321: „Es ist da eine Niedertracht von Anfang an, und keine Blasphemie wird ihr Ausmaß erreichen.")
- v. a. gegen Ende in Gesprächen zwischen Jan und Jennifer: **verschlüsselt-poetische Sprache** (z. B.: „Denn wenn alles entdeckt und verformelt ist, wird die Lasur deiner geschmeidigen Augen [...] von mir noch nicht begriffen sein.", S. 316) **und biblischen Sprachmustern** („Das ist der Anfang und das Ende", S. 322) – Tendenzen zu pathetischer Sprechweise

- teilweise auch beim guten Gott Entfernung von alltäglichem Sprechen und Verwendung hyperbolisch-pathetischer (vgl. das „Glaubensbekenntnis", S. 318) und verrätselter Sätze („Jede Geschichte fand in einer anderen Sprache statt. Bis in die Wortlosigkeit verlief jede anders.", S. 318)
- **bildliches Sprechen:** sowohl beim guten Gott („Sie sind wie die seltenen Elemente, die da und dort gefunden werden […].", S. 322) als auch bei Jan und Jennifer („Liebe, diese[ ] Flammenschrift", S. 316; „Ich würd Zunder sein.", S. 320) → Veranschaulichung, oft verbunden mit Hyperbolisierung
- Durchsetzung der Sprache bei Jennifer und Jan mit **Begriffen der Gewalt** („Könnt ich mehr tun, mich aufreißen für dich […].", S. 315; „foltern", S. 317) → Veranschaulichung der von beiden betriebenen Unterwerfung der Frau unter den Mann

Gattungsaspekte und Epochenbezüge

- **Merkmale des epischen Theaters:** Ausgang von Beginn an klar → Konzentration des Hörers auf das „Wie" und das „Warum"
- Regieanweisungen für **Hörspiel-Umsetzungen:** Geräusche (z. B. „Kratzgeräusch", S. 311), Sprechweise (z. B.: „zurückhaltend", S. 317) und Lautstärke

Deutungsansätze

Psychologisch

- **Liebe als Form der Selbstentgrenzung**, die aber auch die eigene Identität gefährdet
- **Jennifers Unterwerfungshaltung** gegenüber Jan (bis hin zur Selbstaufgabe/-auslöschung) und **Jans Machtposition** und Dominanzverhalten (vor allem verbal)
- Jans langes Zögern und Zweifeln als Ausdruck einer Bindungsangst
- masochistische Tendenzen Jennifers („JAN: […] schlagen werd ich dich … / JENNIFER: Ja, ja.")
- Jennifers Mangel an Selbstdistanzierung vs. Jans Distanzhalten (als eine Art Schutz vor dem Selbstverlust)
- Jans Aufenthalt in der Bar als **Verrat an der absoluten Liebe**

Historisch-soziologisch

- **Kritik an zerstörerischer bürgerlich-kapitalistischer Gesellschaftsordnung:**
  - Manhattan als Inbegriff bürgerlich-kapitalistischen Fortschritts
  - Liebespassion als Gegenbild zum von Nützlichkeit und Profit geprägten Denken
  - guter Gott als Wahrer der Gesellschaftsordnung
- Jennifers Unterwerfungshaltung und Jans Machtposition als **Widerspiegelung bzw. Resultat der überkommenen Geschlechterverhältnisse**
- Infragestellung bürgerlichen „Liebesglücks": **Domestizierung der Liebe in der Ehe** (vgl. S. 319: „wirtschaftliche Interessengemeinschaft")

Philosophisch

- Bachmanns Selbstauslegung in ihrer Rede zur Verleihung des Hörspielpreises der Kriegsblinden:
  - **absolute Liebe** zwischen Jan und Jennifer **als Zustand, der nicht auf Dauer lebbar ist** (Bachmann: „Es ist auch mir gewiß, dass wir in der Ordnung bleiben müssen [...].“)
  - aber im Grenzfall dieser Liebe **Perspektiverweiterung und Sichtbarmachung der Unzulänglichkeit der Wirklichkeit** (Bachmann: „Im Widerspiel des Unmöglichen [= die absolute Liebe] mit dem Möglichen [= Leben in der Ordnung] erweitern wir unsere Möglichkeiten.“)
- **Kritik am Patriarchat:** Tod der Frau in der männlich (sowohl von Jan als auch vom guten Gott) dominierten Ordnung
- **Rationalitätskritik:**
  - Jans längeres Zögern, sich auf Jennifer einzulassen, und sein Realismus als Ausdruck einer **Vernunftorientierung, die das Gefühlsleben beeinträchtigt**
  - Anschlag des guten Gottes als Tat der gesellschaftlichen Vernunft, die die rationale Ordnung sichert, dafür aber die emotionale Seite des Menschen zerstört
- **Bedrohung von Individualität:**
  - zum einen durch die allgemeine Ordnung, welche die persönliche Entfaltung verhindert
  - zum anderen aber auch durch die Selbstaufgabe in der Liebe
- **Geschlechterbilder:** weibliches Begehren als ekstatisches Aufgehen in der unbedingten Liebe vs. männliches Begehren, das Ekstase nur vorübergehend zulässt und in dem die Möglichkeit der Distanznahme gegeben ist

zitierte Textausgabe: Ingeborg Bachmann: Werke, hrsg. von Christine Koschel, Inge von Weidenbaum u. Clemens Münster, Erster Band. Piper München u. Zürich 1978.

Epische Texte

Joseph von Eichendorff: *Das Marmorbild* (1818)

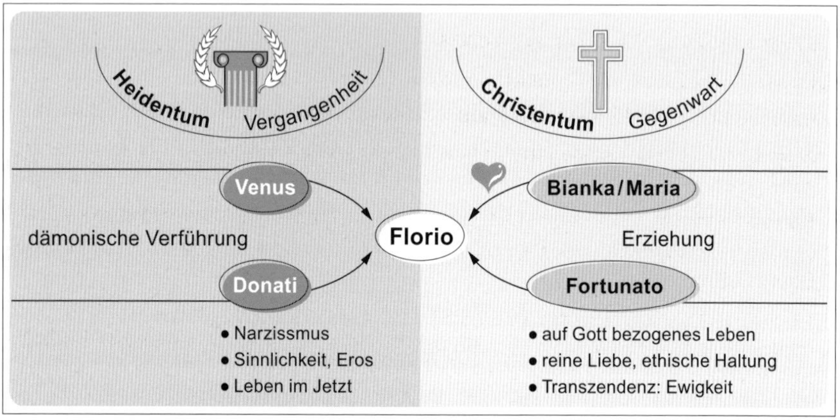

Inhalt

1. Sinnabschnitt: Ankunft in Lucca

- junger Edelmann **Florio auf Bildungsreise**
- Begegnung mit dem **Sänger Fortunato,** der ihn vor der **Kraft der Verführung** warnt
- Bei Festgesellschaft erstes Zusammentreffen mit **Bianka**
- Wüster Ritter Donati stößt zu Gesellschaft

2. Sinnabschnitt: Im Banne des Marmorbildes

- Traum Florios: Gesang von Sirenen (= Stimmen der Verführung)

- Begegnung mit marmorner **Venusstatue** an einem Weiher

3. Sinnabschnitt: Im Banne der schönen Frau

- Florio entdeckt verlassenen Garten mit Palast, belauscht Hausherrin, deren Äußeres dem Venusbild ähnelt
- Versprechen Donatis, am Folgetag ein Wiedersehen mit ihr zu ermöglichen
- **Florios erfolglose Suche** nach Garten und Palast

4. Sinnabschnitt: Der Maskenball

- Florio mit Fortunato bei Festgesellschaft in Villa
- Tanz; Florio glaubt, eine **Doppelgängerin** seiner griechisch gewandeten Tänzerin im Saal zu sehen
- Begegnung mit Griechin in der Allee: → Florio wird an Marmorbild erinnert → **Faszination und Grauen**
- Fortunato macht Florio offiziell mit Bianka, der Nichte des Gastgebers Pietro, bekannt
- überstürzter Abschied Florios → **Verzweiflung Biankas**

5. Sinnabschnitt: Im Schloss der Venus

- Donati bietet Florio an, die geheimnisvolle Dame zu besuchen
- marmorner Palast: **Florio trifft Dame**, beide allein zusammen in einem Gemach
- beim Betrachten der **Bilder im Gemach:** Erinnerung an Bilder, die er in seiner Jugend gesehen hat
- **Florios Stoßgebet** → Gewitter: bei Blitz erscheint **Dame wie leblose Statue** → grauenerregende Vorgänge: Steinfiguren in Palast erwachen zum Leben → **panische Flucht Florios**
- Florio will Donati zur Rede stellen → Florio findet anstelle von Donatis Villa eine Hütte und einen Gärtner vor, der Florio für wahnsinnig hält → **innere Einkehr Florios**

6. Sinnabschnitt: Aufbruch und glückliches Ende

- **Abreise Florios aus Lucca** in Gesellschaft von drei Reitern (Fortunato, Pietro, Knabe)
- anstelle des Palastes der Dame erblickt er eine Tempelruine und ein **zerstörtes Marmorbild**
- Fortunato liefert **Deutung mit Lied:** untergegangene heidnische Götter durch Frühling geweckt, Frau Venus übt wieder ihre **„alte Zaubermacht“** aus, wird aber durch anderes Frauenbild (= Maria), d. h. **durch das Christentum besiegt**
- Freude Florios → Lied: **Dank an Gott für seine Befreiung**
- **Florio erkennt in Knaben Bianka wieder**, offenbart ihr seine Gefühle, fühlt sich wie neugeboren

Aufbau und Form

Aufbau und Struktur

- Aufbau mit dem des klassischen Dramas vergleichbar:
  - **Exposition:** Einführung in Ort (Lucca) und Zeit (spätes Mittelalter); Vorstellung zentraler Figuren (Florio, Bianka, Fortunato, Donati, Venus)
  - **steigende Handlung:** Florio gerät erst in den Bann des Marmorbilds, dann der Unbekannten
  - **Wendepunkt:** Florios Aufenthalt im Schloss der Venus, Anrufung Gottes → Befreiung
- ABER keine Katastrophe am Schluss: Aufbruch in den Morgen, Florios Hinwendung zu Poesie und Bianka = **Neubeginn, offenes Ende**
- **Verschmelzen von innerem und äußerem Geschehen:** unklar, was sich nur in der Psyche/Einbildung Florios ereignet

Erzählweise

- vorwiegend auktoriale Erzählhaltung: **Einblick in Innenleben der Figuren** (Fokus v. a. auf Florio, aber auch auf Bianka; vgl. S. 34, 48), Distanz zu Geschehen und meist im Hintergrund, nur gelegentlich bewertende Kommentare
- szenisches Erzählen, Dialoge, Lieder → Erzähler tritt zurück

Sprache und Stil

- Wiederholung und Variation von begrenztem Vokabular → **poetische Stimmung, musikalische Sprache**
- antithetische Symbole: Nachtigall (Nacht) = Verführung, Gefahr ↔ Lerche (Morgen) = Freiheit
- **sprechende Landschaftsbeschreibungen:** Widerspiegelung der Stimmung Florios:
  - Schluss: freie Landschaft im Morgen, Betonung des blauen Himmels → gottzugewandter Neuanfang Florios
  - Mittagsschwüle / Nacht → Verzauberung und Verblendung
- **lyrische Elemente** wie Gedichte und Lieder im Erzähltext (Lieder meist in Volksliedstrophen)

Literarische Form: Romantische Märchennovelle

- Novelle:
  - **„unerhörte Begebenheit“:** Versuchung Florios durch ein zum Leben erwachtes Marmorbild
  - linearer, konzentrierter Aufbau
  - Verwandtschaft zum Drama: Wendepunkt
  - **Möglichkeit, Ereignisse psychologisch zu erklären**
- märchenhafte Elemente:
  - Eingangssatz „Es war ein schöner Sommerabend“ erinnert an „Es war einmal“
  - **übernatürliche Ereignisse:** Rückkehr der Göttin Venus

- klare Trennung der Figuren in gut und böse (Bianka/Fortunato ↔ Venus/Donati)
- **Happy End**

- romantische Eigenheiten:
  - Einbindung lyrischer Texte → (gattungsverbindende) progressive Universalpoesie
  - Verortung der **Handlung in einem idealisierten Mittelalter**
  - **zentrale Rolle von Kunst:** Fortunato als Sänger, Florio als werdender Poet
  - Unterwegssein als Mittel, um zu sich selbst/zu Gott zu finden
  - **Sehnsucht:** Suche nach Geliebter
  - fließende Grenzen zwischen realem und übernatürlichem/eingebildetem Geschehen

Deutungsansätze

Psychologische Lesart

- Auftauchen einer antiken Göttin als **Projektion von Florios psychischen Vorgängen**
- Erlebnisse Florios als **Adoleszenzkrise** deutbar: Übergang zu Erwachsenenalter, Umgang mit Sexualität
- Symptome für sich steigernden Wahnsinn Florios? → projiziert und vergrößert Erscheinung/Eigenschaften Biankas auf **irreale Frauenfigur**
- **Venus als mythisierter und personifizierter Sexualtrieb:** das Es (das Unterbewusste) in Gestalt von Venus/Donati versucht, Wünsche und Begierden durchzusetzen
- Fortunato als Verkörperung des Über-Ich (des Gewissens), das Florio warnt und zur **Besinnung auf eine christliche Lebensweise** anhält
- Florio vor Entscheidung zwischen reiner Liebe (Bianka) und Sex (Venus)

Theologische Lesart

- **Venus als Repräsentantin einer untergegangenen, überholten Zeit:** antikes Heidentum
- Ablösung durch ein „andres Frauenbild“: **heilige Jungfrau Maria** → anders als in der auf Diesseits und Genuss bezogenen Antike richtet sich das Christentum auf das Jenseits (den Himmel) aus → Transzendenz, **Überwindung des Todes, Erlösung**
- **Bianka** (= „die Weiße/Reine“) = **irdische Stellvertreterin Marias** und Gegenspielerin zu Venus
- Marmorbild = Symbol für christlichen Umgang mit der Antike: heidnische Lebenslust und Sinnlichkeit ist gebannt und gleichsam versteinert
- **Versuchungen der Venus als dämonische Bedrohung** für im Glauben ungefestigtes Individuum
- Fortunato als Art Schutzengel
- katholische Sichtweise typisch für Texte Eichendorffs → will **Rückbesinnung auf katholische Religiosität** fördern: durch Glauben Triebnatur überwinden und selbstbestimmte Existenz erlangen

Poetologische Lesart

- **Geschichte einer Dichterwerdung:** Florio reift durch Überwindung seiner Krise und die erzieherischen Maßnahmen Fortunatos zum christlichen Poeten heran
- Ideal Eichendorffs: eine fromme, im Glauben verankerte Kunst, die den Rezipienten zu Gott führt und alle Versuchungen abwehrt → Eichendorff spiegelt eigenes **dichterisches Selbstverständnis in Fortunato**
- implizite **Kritik am Kunstprogramm der Weimarer Klassik** (Antikenbegeisterung)

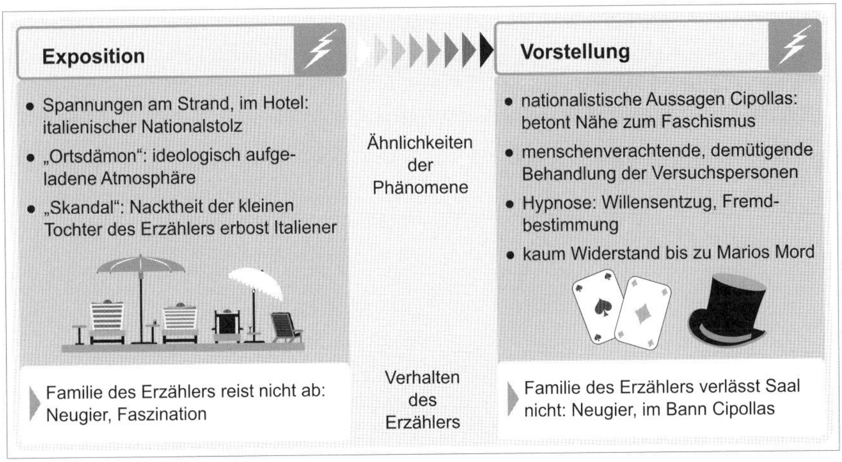

Inhalt

1. Sinnabschnitt: Die Ankunft der Erzählerfamilie und die Ereignisse am Strand

- **Urlaubserlebnis des Erzählers und seiner Familie** im italienischen Badeort Torre di Venere in den 1920er-Jahren
- Sommermonate: Dominanz italienischer Urlauber → **Benachteiligung ausländischer Gäste**
- Im Hotel: Beschwerde einer römischen Fürstin über hustenden Sohn des Erzählers → freiwilliger **Umzug der Familie in Pension**
- **Gereiztheit** am Strand: im Verhalten der spielenden italienischen Kinder spiegelt sich **nationalistische Einstellung der Eltern**
- 8-jährige Tochter des Erzählers läuft nackt zu Strand → Skandal und Aufruhr: Italiener werfen der Familie **Verletzung der italienischen Ehre** vor, Familie erhält Geldstrafe
- Überlegungen abzureisen, aber Familie entscheidet sich zu bleiben, auch um Stimmung weiter beobachten zu können

2. Sinnabschnitt: Die Veranstaltung, das Geschehen vor der Pause

- Plakat für eine **Veranstaltung des Zauberers Cipolla** weckt Neugier der Kinder → Familie besucht Auftritt (im Publikum auch der beliebte Kellner Mario)
- genaue Beschreibung der verwachsenen Gestalt und der altmodischen Kleidung des Cavaliere Cipolla
- Zauberer stellt sich selbst vor: rühmt seine **patriotische Einstellung und Leistungen**

- Störungen aus dem Publikum → Cipolla demütigt die Zwischenrufer, indem er sie **gegen ihren Willen** handeln lässt: hypnotisiert jungen Mann (Giovanotto), sodass er sich vor Schmerzen krümmt
- Mathematische Versuche, Kartentricks, Kunststücke → **Bewunderung, aber auch Angst des Publikums**
- Cipollas Erläuterungen: betont seine Anstrengung, selbst zum Werkzeug zu werden und geheime Anweisungen des Publikums auszuführen → ständige **„Stärkung" mit Zigaretten und Alkohol**

3. Sinnabschnitt: Die Veranstaltung, Überlegungen in der Pause

- Erzähler will Veranstaltung verlassen → Widerstand der Kinder
- Bleiben aufgrund von **Neugier und Faszination des Zauberers**

4. Sinnabschnitt: Die Veranstaltung, das Geschehen nach der Pause

- 2. Teil des Programms: beeindruckende Hypnose-Vorführung durch Cipolla („Willensentziehung und -aufnötigung") → **Cipollas Peitsche als Symbol seiner Herrschaft**
- Mitleid des Publikums mit hypnotisiertem Mann, der auf zwei Stuhllehnen liegt und auf den sich Cipolla setzt → Cipollas Forderung, ihm Mitleid zu erweisen
- Cipolla lässt Zuschauer auf der Bühne gegen ihren Willen tanzen
- Cipolla holt **Kellner Mario** auf die Bühne, dem er Eingeständnis seines Liebeskummers entlockt
- Zauberer beschwört Vorzüge Silvestras (Marios Geliebte), übernimmt selbst ihre Rolle, **bringt Mario dazu, ihn zu küssen**
- Cipolla holt Mario aus hypnotisiertem Zustand → Ekel Marios, **erschießt den Zauberer** → allgemeiner Aufruhr
- heimliche Erleichterung des Erzählers über „Ende mit Schrecken"

Aufbau und Form

- Erzählung ohne Kapiteleinteilung, aber zwei deutliche Blöcke:
  - **Exposition**
  - **Abendveranstaltung Cipollas**

Strukturierung durch:

- **Erzählerreflexionen:** Zäsuren in der Handlung
- Rahmung: im ersten Abschnitt bereits **Vorausdeutung auf schlimmes Ende** → Aufbau von Spannung
- **innere Verwandtschaft der beiden Episoden:** Zuspitzung auf zentrales Ereignis hin bei der Exposition (Skandal am Strand) und bei der Abendvorstellung (Tötung Cipollas)

Erzählweise

- rückblickende **Erzählung eines Ich-Erzählers**, aber oft auch in Wir-Form, d. h. aus Familienperspektive, erzählt → **Abgrenzung des Wir gegenüber feindlicher Umgebung**
- aufgrund der Perspektive: selektive Wahrnehmung und Darstellung
- Erzählung aus zeitlichem Abstand und mit veränderter Einstellung des Erzählers zu vergangenem Erlebnis
- direkte Anreden des Lesers, Schilderung der Örtlichkeiten, Tipps für Reisen → **Eindruck eines Reiseberichts** (vgl. Untertitel „Ein tragisches Reiseerlebnis“) → Einbeziehen des Lesers ins Geschehen, **Identifikation mit Ich-Erzähler**
- **Doppelrolle des Erzählers:** Subjekt und Objekt des Erzählens, erzählt über eigene Erlebnisse, aber kaum Unterschied erzählendes – erlebendes Ich (Reflexionen, Kommentare durchsetzen Handlung)
- kaum nähere Informationen über Erzähler oder seine Familie (keine Namen genannt)
- zahlreiche **Erzählerkommentare:** Vorausdeutungen → Andeutung von Gefahr
- zwei Erzählerreflexionen: nach Exposition und in Pause von Cipollas Vorstellung → **Suche nach Gründen, warum Familie nicht abgereist ist** → Anspielungen auf Schlusskatastrophe
- Exposition: v. a. raffender Erzählerbericht; Cipollas Vorstellung: szenische Darstellung

sprachliche Gestaltung

- Motive und Symbole:
  - **Einfluss des Wetters auf Menschen**; Spiegelung des gesellschaftlich-politischen Zustands (z. B. „Schreckensherrschaft der Sonne“)
  - Doppeldeutigkeit von Atmosphäre: Wetter/Stimmung
  - Tanzen: Auflösung der Ordnung, Moment der Willenslosigkeit, Ekstase
  - Hässlichkeit und Krankheit Cipollas als **Spiegelung des politischen Zustands des faschistischen Italiens**
- **Leitwörter** „national“, „patriotisch“, „Würde“: nationalistische Aufheizung des gesellschaftlichen Klimas
- groteske Wirkungen: verkrüppelte Erscheinung Cipollas; **Gegensatz zwischen seinen ethischen Appellen und der Demütigung seiner Versuchsobjekte**
- Ironie bei Darstellung Cipollas = Bemühen des Erzählers, kritische Distanz zu gewinnen, aber **Schwanken zwischen Faszination und Grauen**

Gattung: Novelle

- geradlinige Erzählung, auf zentralen Konflikt ausgerichtet → Geschlossenheit
- **„unerhörte Begebenheit“:** Zauberer „vergewaltigt“ Mario emotional, indem er ihn zum Kuss verleitet (= Höhe- und Wendepunkt)
- dramatische Gestaltung mancher Passagen (Vorführung, v. a. Demütigung Marios)
- **Symbolcharakter** des Geschehens

Deutungsansätze

Politische Lesart

- **Erzählung als Faschismusstudie:** „Ortsdämon" als Umschreibung für unangenehme, gereizte, politisierte Atmosphäre
- Hineinwirken der Ideologie in Alltag (Strand, Hotel): **Behauptung der Ehre/Würde einer Nation**
- Cipollas Betonung der Leistungen Italiens und seiner **Nähe zu Mussolini**
- **Zauberer als Diktator im Kleinen:** rhetorisches Talent und Selbstinszenierung (Demagogie); Machtmissbrauch, aber auch Scheitern
- Zusammengehörigkeit von **Befehl und Gehorsam:** Unterwerfung des Volks (= Publikums) unter Führer (= Cipolla)
- Irrationalität, Verlust der individuellen Selbstbestimmung, **Faszination für zweifelhafte Führergestalt** = Analogie zum italienischen Faschismus
- Faschismus zielt auf Entmündigung des Einzelnen, um Macht zu steigern
- kaum Versuche, Widerstand zu leisten (Giovanotto, der Römer, Mario)
- **Marios Tat als Tyrannenmord**, Befreiung von Cipollas autoritärer Diktatur
- **Text als Warnung an deutsche Leserschaft**, sich nicht willenlos einer brutalen Demagogie zu ergeben

Psychologische Lesart

- Reflexion des Erzählers: **Widerstand gegen eine irrationale Macht ist zum Scheitern verurteilt**, wenn Willen nicht auf ein positives Ziel gelenkt wird
- Beispiel des Ich-Erzählers, der trotz seiner kritischen Haltung immer mehr in Cipollas Bann gerät und es nicht schafft, aus eigener Kraft zu gehen
- **Cipollas Sadismus:** Bloßstellung und Verhöhnen seiner Versuchspersonen = Kompensation für seine eigene Benachteiligung und sein missgestaltetes Äußeres?
- Cipolla bedient **Masochismus des Publikums**, das es genießt, sich gehen zu lassen
- Marios Mord = Akt der Selbstbewahrung
- **Funktionieren massenpsychologischer Zusammenhänge** (Gustave le Bon): genussvolles Aufgehen des Einzelnen in der Masse = Machtgefühl, Freiheit von Verantwortung → Anfälligkeit für Führer – Cipolla bringt Zuschauer als Kollektiv unter seine Gewalt und verschafft ihnen Genuss der Willensfreiheit (Tanzszene)

Sexuelle Lesart

- **faschistische Doppelmoral:** Nacktheit als anrüchig ↔ Freude über sexuelle Anspielungen Cipollas
- **Cipollas Sexualneid:** verwandelt eigene körperliche Benachteiligung in Triumpf, indem er Mario Kuss entlockt
- Marios Kuss auch deutbar als erzwungenes homosexuelles Coming-out (vgl. Thomas Manns eigene homosexuelle Veranlagung)

Künstlerische Lesart

- Cipolla als Künstler („Zauberkünstler“) → beweist **rhetorische, psychologische, hypnotische Fähigkeiten** → bannt Publikum
- laut Nietzsche müsse Künstler außerhalb des Lebens stehen → passt zu Cipollas körperlicher Benachteiligung und Außenseitertum
- Auseinandersetzung zwischen Geist (= Cipolla) und Leben (jugendlicher Giovanotto) → **Negativbild einer Kunst, die Geist verabsolutiert**

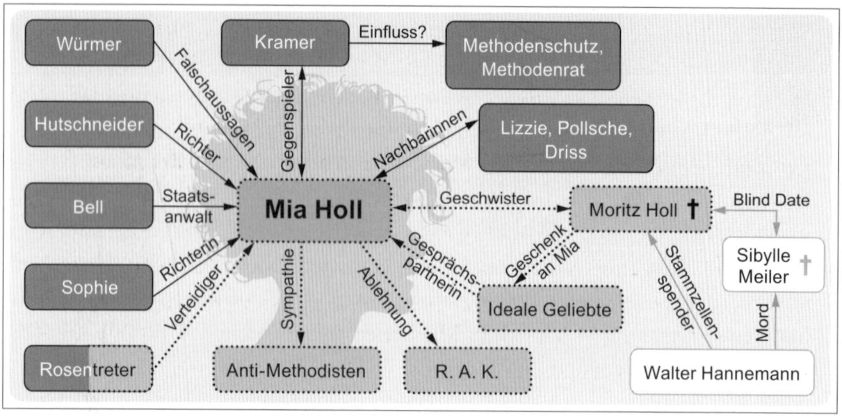

Inhalt

Rückblickende Romankapitel hier durch Unterstreichungen gekennzeichnet

Kapitel 1 und 2: Zwei Schriftstücke

- ***Das Vorwort*:** aus Schrift von Heinrich Kramer → **Gesundheit** als höchstes Ziel
- ***Das Urteil*:** **Biologin Mia Holl** zum Einfrieren auf unbestimmte Zeit verurteilt

Kapitel 3 bis 17: Erste Konflikte mit der METHODE

- *Mitten am Tag, in der Mitte des Jahrhunderts:* Verhandlung über Gesundheitsverbrecher; Eintreten von Journalist **Kramer**; Beschluss: Klärungsgespräch mit Mia
- *Pfeffer:* Kramer unterwegs zu Mia → begegnet drei Nachbarinnen im Treppenhaus
- *Die ideale Geliebte*; *Eine hübsche Geste:* Mias Erinnerung (mit imaginärer idealer Geliebter) an Bruder Moritz; Vorwurf an Kramer, er sei an **Moritz' Suizid** schuld
- *Genetischer Fingerabdruck:* Bericht über Moritz; Vorwurf: Vergewaltigung, Mord
- *Keine verstiegenen Ideologien:* Mia und Kramer über Sinn der **METHODE**
- *Durch Plexiglas:* Tausch Mia – Moritz: **ideale Geliebte** gegen Schnur (für Suizid)
- *Eine besondere Begabung zum Schmerz*; *Bohnendose:* Mias misslungener Versuch, ihre Wohnung zu putzen; erfolgreiche **Untersuchung** beim Amtsarzt
- *Saftpresse; Nicht dafür gemacht, verstanden zu werden*; *Privatangelegenheit:* Richterin Sophies Angebot (Betreuung, Kur) von Mia abgelehnt (Schmerz sei privat); Einblick in ihre **Trauer** und Qual; Sophies Zugeständnis → **Ruhe** und Zeit für Mia
- *Fell und Hörner, erster Teil:* Moritz' und Mias Gespräch über **Moritz' Liebesleben**
- *Rauch*; *Keine Güteverhandlung:* Mia **raucht** → Geldstrafe; Rosentreter ihr Anwalt

Kapitel 18 bis 35: Verteidigung und Aufdeckung des Justizskandals um Moritz

- *Ein netter Junge:* Rosentreter beteuert Einsatz für Mia; Anfechtung der Geldstrafe
- *Wächter*; *In der Kommandozentrale:* Hilfsangebot der drei Nachbarinnen von Mia abgelehnt; Streitgespräch Mia – ideale Geliebte: Sport werde Mia nicht heilen
- *Recht auf Krankheit:* TV-Talk bei Würmer: Kramer über Entstehung der METHODE als neue Gesellschaftsordnung und Irrweg der **Anti-Methodisten**
- *Das Ende vom Fisch:* Streit Mia – Moritz über **Anpassung** und **Rebellion**
- *Der Hammer*; *Which side are you on:* **Härtefallantrag** abgelehnt; Urteil: zwei Jahre Haft auf Bewährung; Rosentreter will vor höhere Instanz gehen, Mia stimmt zu
- *Unzulässig:* Rosentreters verbotene Liebe; sein Ziel: **Moritz' Unschuld** beweisen
- *Schnecken:* Mia spricht über Moritz' Liebe zu Natur und Mensch und über die Heilung seiner Leukämie → Grund für Mias dankbare Anpassung an die METHODE
- *Ambivalenz:* Mias **Verhältnis zu Kramer** zwischen Bewunderung und Ablehnung
- *Ohne zu weinen:* Moritz' Erscheinen bei Mia; sein Bericht über seinen Leichenfund
- *Unser Haus:* Nachbarinnen → Bericht über Mia beschmutze guten Ruf des Hauses
- *Bedrohung verlangt Wachsamkeit:* Kramers Zeitungsbericht → Moritz als Terrorist
- *Die Zaunreiterin:* Forderung der idealen Geliebten, Mia solle sich gegen Kramers Lügen wehren
- *Fell und Hörner, zweiter Teil:* Moritz' **Ablehnung jeder Ideologie** → Verhaftung
- *Das Recht zu schweigen:* **Mia verhaftet** wegen Führens einer methodenfeindlichen Vereinigung
- *Der Härtefall:* Mias Gesinnungsprüfung → ihre Gedanken zum System; Rosentreters Beweis, dass Moritz' Stammzellenspender **Hannemann** der **wahre Mörder** ist
- *Das ist die Mia:* Fernsehbericht über **Justizskandal:** Mia stellt METHODE infrage

Kapitel 36 bis 39: Offene Opposition gegen die METHODE

- *Der größtmögliche Triumph:* Mias Entschluss zur offenen **Methodenfeindlichkeit**
- *Die zweite Kategorie*; *Wie die Frage lautet*; *Vertrauensfrage:* Streit Mia – Kramer über Legitimation der METHODE; Mias Aufforderung an Kramer, ihr Statement aufzuschreiben → Absage an aktuelle Gesellschaft, die auf **falschen Werten** beruht; Kramers Dank für brisantes Statement; Mias Abschied von idealer Geliebter

Kapitel 40 bis 50: Sieg der METHODE

- *Sofakissen:* erneute Verhaftung Mias durch Methodenschützer
- *Freiheitsstatue:* **Solidarisierung** mit inhaftierter Mia: Proteste, Medienrummel
- *Der gesunde Menschenverstand:* TV-Rede Kramers → Mia als gefährlicher Virus
- *Geruchlos und klar:* Mias Vortrag über Moritz' geistiges Erbe von Kramer aufgezeichnet; ihre **Weigerung**, Geständnis zu unterzeichnen, wonach sie und Moritz als Mitglieder der Widerstandszelle *Die Schnecken* Moritz' Tod inszeniert hätten

- *Würmer:* Falschaussage Würmers (angeblicher Kontakt zur Widerstandszelle)
- *Keine Liebe der Welt:* **Netz aus falschen Beweisen** gegen Mia: sie hätte Vergiftung des Trinkwassers geplant; Aushändigen einer langen Nadel an sie durch Rosentreter
- *Mittelalter:* kein Geständnis Mias; Kramer droht Tod durch Erfrieren und Folter an
- *›Es‹ regnet:* Leiden Mias an Folgen einer **Elektroschock-Folter**
- *Dünne Luft:* Mia bohrt Nadel in ihren Arm, überreicht Kramer hervorgeholten Chip
- ***Siehe oben:*** **Gerichtsverhandlung** unter lauten Protesten → Verurteilung Mias zum Einfrieren
- ***Zu Ende:*** Einfrieren Mias in letzter Sekunde gestoppt durch Präsidenten des Methodenrats → stattdessen **Resozialisierungsanstalt**, **psychologische Betreuung**

Aufbau und Form

Aufbau und Struktur

- **50 Kapitel** von sehr unterschiedlicher Länge (2 –16 Seiten)
- Kapitelbenennung: signifikante Wörter/Halbsätze aus dem Kapitel (oder gliedernd: z. B. *Zu Ende*)
- ***Vorwort:*** Zitat aus Kramers ideologischer Schrift, außerhalb der erzählten Handlung, Funktion eines **Mottos:** Einstimmung auf Gedankenwelt der METHODE
- ***Das Urteil:*** scheinbare **Vorwegnahme des Endes** als offizielles Dokument, Spannung: Wie kam es zum Urteil? → zusammen mit ***Siehe oben:*** basaler Erzählrahmen
- von *Mitten am Tag, in der Mitte des Jahrhunderts* bis zu *Dünne Luft:* Vorgeschichte zu Mias Verurteilung → in der **Rückschau** in **chronologischer Reihenfolge** erzählt
- **Höhepunkte:** *Der Härtefall* (Niederlage für METHODE: Moritz' Unschuld) und *Wie die Frage lautet* (Mias Wandlung zur Systemgegnerin endgültig vollzogen)
- Erzählung über Mias Verurteilung durch Rückblenden (Analepsen) unterbrochen: **Geschichte von Moritz** bzw. des Verhältnisses zwischen Mia und ihrem Bruder; **Verschachtelung** der Erzähl- bzw. Handlungsebenen (Mia – Moritz) → bessere Beleuchtung der Entwicklung Mias: von der Konformistin zur Systemgegnerin
- Vergleich: Angelschnur bzw. Nadel ins Gefängnis → **Erwartung:** Selbstmord Mias
- ***Zu Ende:*** Rückschau beendet, Fortsetzung der Handlung nach Urteilsverkündung: Lesererwartungen nach *Das Urteil* unterlaufen → unerwartete **Schlusswendung**

Erzählweise

- Handlungsort und -zeit: in einer **Gesundheitsdiktatur** um das Jahr **2050**
- zeitliche Einordnung: Moritz seit ca. 4 Wochen tot, als Handlung um Mia einsetzt
- **auktoriales Erzählverhalten:** Erzähler nimmt Leser an die Hand (Herstellung von Gemeinschaft durch Wir-Form) und macht Wissensvorsprung deutlich → „Gehen wir der Einfachheit halber davon aus, dass sie [Mia] an Moritz denkt. Die Wahrscheinlichkeit, dass wir richtig liegen, ist sehr hoch.“ (S. 79)

- Erzähltempus: Präsens in der Mia-Handlung → **Unmittelbarkeit** (live miterleben); meist Präteritum in Moritz-Kapiteln → **Erinnerungscharakter**
- personales Erzählverhalten (Ich-Form) in *Wie die Frage lautet* → Mias finales Bekenntnis zum Widerstand gegen METHODE dadurch deutlich hervorgehoben
- **viele Dialoge** (direkte Rede): Auseinandersetzungen dialektisch (Rede und Gegenrede) entfaltet → Austausch von Argumenten als **rhetorische Wortgefechte**

Sprache und Stil

- nüchtern-schmuckloser Sprachstil und parataktischer Satzbau in den Erzählpartien → einfacher Zugang, **didaktische Ausrichtung** des Romans
- **rhetorische Ausgestaltung** der Dialoge: häufig Vortragscharakter zur Überzeugung des Gesprächspartners vom eigenen Standpunkt (v. a. Mia, Moritz, Kramer)
- Kramers menschenverachtende, **demagogische Sprache** aus Bereichen „Hygiene, Krankheit" (z. B. abweichende Gedanken = „Virus") → Nähe zur NS-Propaganda
- staatliche Medien: Anspruch auf Verbindlichkeit (z. B. WAS ALLE DENKEN)
- Grußformel „Santé" (frz., „Gesundheit"): Gesundheitswahn in Sprache integriert
- **Vergleiche**, **Metaphern** → Figurencharakterisierung (z. B. Mia als „Zaunreiterin")
- **Aphorismen:** kurze Sätze, die losgelöst vom Kontext vermeintliche Lebensweisheit ausdrücken und im Text Meinung der Figuren darstellen (z. B.: „Um frei denken zu können, muss sich der Mensch vom Tod abwenden", S. 94) → fordern den Leser zur Auseinandersetzung auf
- Abstammung des Romans von einem Theaterstück sprachlich klar erkennbar: **Szenenhaftigkeit** vieler Kapitel v. a. durch lange Dialoge und schnelle Wechselreden

Gattungszugehörigkeit

- **dystopischer Science-Fiction-Roman:** düstere Zukunftsvision, in der technisch-wissenschaftliche Neuerungen zur Unterdrückung der Menschen eingesetzt werden
- **Kriminalgeschichte:** Verbrechen im Mittelpunkt → Mord an Sibylle Meiler und Moritz' Verstrickung eng verknüpft mit Frage nach Legitimation der METHODE
- **Gerichtsdrama:** Nähe zum Theater, Haupthandlung in Gerichtssälen angesiedelt
- **Entwicklungsroman:** Mias Weg von der systemkonformen Musterbürgerin zur rebellischen Widerständlerin als Akt der intellektuellen und emotionalen Reifung

Deutungsansätze

Juristische Lesart

- Corpus Delicti = in der Rechtssprache ein Gegenstand, mit dem eine Straftat begangen wurde → überragende **Bedeutung des Körpers** für die METHODE
- Justiz in der Hand politischer Entscheidungsträger → **keine Gewaltenteilung**
- falsche Beweise gegen Mia von staatlicher Seite → **Staat als Straftäter**
- **Überwachung** durch Justiz: u. a. Ganzkörperaufnahmen, Chip im Körper

Psychologische Lesart

- Mia früher: **rational**, Biologin, ohne Interesse an Menschen oder an Liebe, **angepasst** aus Dankbarkeit für Hilfe der METHODE bei Moritz' Heilung von Leukämie
- **Trauer** um Moritz, **Schuldgefühle** nach Suizid (Schnur!): Mias Leben aus den Fugen → staatliche Intervention, **Einmischung in Mias Privatleben**; Mia zunehmend kritisch und kämpferisch → Ansporn durch **ideale Geliebte** (= Moritz' Sprachrohr)
- Mias persönliches Unglück als **Staatsaffäre** und Bewährungsprobe für METHODE
- entscheidender Einschnitt für Mias Entwicklung: Rosentreters Beweis für Moritz' Unschuld → **keine Selbstzweifel mehr**, selbstsicheres Eintreten für ihre Ansichten
- **Mias Standhaftigkeit:** kein falsches Geständnis, Ertragen von Folter, Bereitschaft zum Tod → **Verlust ihrer Stärke** durch Begnadigung und **Entmündigung**

Soziologische Lesart

- staatlich regulierte Zuordnung der Partner nach Immunsystemen zum Erhalt gesunder DNA) → massive **Einschränkung der freien Partnerwahl** (vgl. **NS-Rassenhygiene**)
- gesellschaftlicher Umgang mit Krankheit in der METHODE: Krankheit als historisches Phänomen und unzulässige Abweichung → **Verklärung der Gesundheit** (Religionsersatz, Staatsideologie, sichtbar gewordener Willen)
- **Unmenschlichkeit** der rein auf Vernunft fixierten METHODE → Ignorieren von Gefühlen, von Liebe, von Affekten und von individuellen Eigenschaften
- Kritik am Staat: Vorschieben von Sicherheitsbedenken zur **Beschneidung der Freiheitsrechte** → in Wahrheit: Streben nach mehr Kontrolle und Überwachung
- Kritik an Bürgern (z. B. Mias Nachbarinnen): **allzu großer Gehorsam**, gutgläubige **Preisgabe persönlicher Daten** → mehr Engagement und Zivilcourage nötig
- **Rolle der Medien:** Staatspropaganda → **keine Meinungspluralität**

Politische Lesart

- Staatsform: Gesundheitsdiktatur → **totalitärer Überwachungsstaat**
- verschiedene Weltbilder – verschiedene politische Auffassungen:
  - historische Legitimierung der METHODE durch Kramer (vgl. S. 88 f.): **Entideologisierung** nach zwei Weltkriegen → METHODE als **neues Sinnangebot**
  - Moritz' Philosophie der Liebe (vgl. S. 26 f.): Zerstörung des göttlichen Weltbildes durch Naturwissenschaften → **Liebe als Leitbild**
  - Mia (vgl. S. 158 ff.): Abgrenzung von sinnlosen Revolutionen, Staat nur legitimierbar durch bestmögliche Unterstützung bei „natürliche[m] Streben der Menschen nach Leben und Glück" (S. 161) → ansonsten **Recht auf Widerstand**
- Mobilisierung von **Systemgegnern** durch Mias Fall: **Gewalt gegen Unschuldige** durch R.A.K. („Recht auf Krankheit", vgl. RAF) → Mia als Symbolfigur (von Mia abgelehnt); vermehrt **gewaltlose Proteste** der Anti-Methodisten; offenes Ende

zitierte Textausgabe: Juli Zeh: Corpus Delicti, Ein Prozess. btb Verlag. München 2010.